水自东流 人自西

浮生读诗记

邹金灿 著

人民东方出版传媒
東方出版社

图书在版编目（CIP）数据

水自东流人自西：浮生读诗记 / 邹金灿 著 . — 北京：东方出版社，2019.10
ISBN 978-7-5207-1092-3

Ⅰ. ①水… Ⅱ . ①邹… Ⅲ . ①古典诗歌—诗歌评论—中国 Ⅳ . ① I207.2

中国版本图书馆 CIP 数据核字（2019）第 149960 号

水自东流人自西：浮生读诗记
（SHUI ZI DONGLIU REN ZI XI:FUSHENG DUSHI JI）

作　　者：邹金灿
策　　划：陈　卓
责任编辑：李伟楠
责任审校：金学勇　凌　寒
出　　版：东方出版社
发　　行：人民东方出版传媒有限公司
地　　址：北京市朝阳区西坝河北里 51 号
邮　　编：100028
印　　刷：北京楠萍印刷有限公司
版　　次：2019 年 10 月第 1 版
印　　次：2019 年 10 月第 1 次印刷
开　　本：787 毫米 ×1092 毫米　1/32
印　　张：9
字　　数：138 千字
书　　号：ISBN 978-7-5207-1092-3
定　　价：49.00 元
发行电话：（010）85924663　85924644　85924641

自序　浮生东流不息，有人健步西上

这是一本和古典诗歌有关的书，每一篇文章都有诗的元素——或借诗说事，或谈论诗艺，或述介诗人。有一些篇章曾发表于我在《南方人物周刊》开设的“诗会意”专栏，收入本书时都经过了较多的修订。

按照文章主题，我把全书分成三个部分：

一、心体篇：主于论道，谈论传统文化里的一些思想性问题。

二、游艺篇：出自《论语》“游于艺”一语，谈论古今的诗人与诗艺。

三、鸿爪篇：出自“雪泥鸿爪”一词，记述我与诗的一些故事。

这个分类当然不见得非常精准，譬如“鸿爪篇”，其实就可以囊括我笔下所有类型的文字，因为我的写作本身就属于人生行迹的一部分。

好在世间的许多事情，是没有必要处处追求精准的，事实上也难以达到这种状态，正如《淮南子》所说：“寸而度之，至丈必差。铢而称之，至石必过。”（卷二十）

这本书又似乎跟诗的关系不大，因为里面的许多内容，已经越出了诗的范围，诗只是论说的一个由头甚至是点缀。之所以会有这个写作安排，是因为我希望这本书和之前出版的《唐宋诗会意》一书区别开来。

《唐宋诗会意》侧重于讨论唐宋诗的写作技艺，其中不少内容是向写诗的朋友说的。至于《水自东流人自西》，我希望内容更立体一些，让对诗很少接触的朋友也可以一看。

有这么一个做法，是因为我觉得诗很重要，但又不重要。

说诗重要，是因为它在传统文化中地位之高，不言而喻；另外，我对传统文化的兴趣，也是由诗引起的。

曾有朋友问我，应该怎样教孩子学习传统文化？我告诉他们，不妨带孩子读诗，从唐诗读入，挑选一些安详雅正的作品，带领孩子一遍遍地去读——不要默读，一定要开口，时机成熟的时候还可以学习平仄、掌握吟诵。这种“兴于诗”的做法，是不良反应比较少的一种路径。

说诗不重要，是因为诗只是一种文学样式，而人的精神才是更本质的东西——我们应该过什么样的人生以及如何去过，是一个比诗更值得关注的话题。

所以，如果把叙述的眼光都放在诗上，并不符合我的本愿。诗只是这本书的表面样式，而千百年来各种值得探讨的人生，才是此书关注的核心内容。

古人把人生叫做浮生。杜牧的诗说："浮生恰似冰底水，日夜东流人不知。"道出了浮生的特质：变动不居、迅速流失。

在这样的浮生里，我的经历自然是微不足道的，但说到自己做过的最能对抗时间之事，当属写诗无疑。我的读诗，起初是为了把诗写好，后来逐渐发现，在很多重要的人生关口，读过的诗常常赋予我一种独特的力量，助我泰然走下去。

我相信，古典诗歌这种作用肯定也出现在很多人身上，于是把读诗时的各种体认写下来，铢积寸累，就有了这本书。此书写法比较随性，有些论述也有比较重的个人色彩，管中窥豹，不能无失，但它始终是一个写诗之人对古典诗歌的体认实录，希望能为同在浮生读诗的朋友，带来一些闻见或思考方面的增量。

书名出自王安石的《送陈靖中舍归武陵》。至今记得，第一次读到这首诗时，心里流淌出一种莫名欣喜的感觉：

知君欲上武陵溪。水自东流人自西。

到日桃花应已谢，想君应不为花迷。

诗的第二句，是一种逆势而动的状态，隐然有一种不与时俯仰的心情。

浮生东流不息，有人健步西上。武陵未必有桃花，那些逆势而动的人，也未必能追求到自己想要的东西。在浩瀚的时空里，人是那样渺小。但世间之所以值得我们走一趟，不正是因为有人曾经活出“水自东流人自西”的美感吗？

体例说明

一、对诗作的完整征引，只使用句号和逗号两种标点，诗中凡用句号的地方，都是押韵之处。

二、行文中使用到诗的局部句子时，按照通行做法（一联之中的上句用逗号、下句用句号），不要求逢押韵的地方都用句号，例如：“锦瑟无端五十弦，一弦一柱思华年。”此处“弦”字入韵，但按照惯例用逗号。

目录

心体篇

游艺篇

鸿爪篇

心体篇

诗不在远方

背诵量大，还真是一项本事

我于 2006 年开始写古典诗歌，十年过后，突然之间遇到了一个全民热谈古典诗词的浪潮，有点错愕——一档名叫《中国诗词大会》的节目，在 2017 年春节引起了全民关注，热度可谓空前。看着各个平台上讨论这个节目的声音，心里不胜感慨。

这种情况，对于这个曾经璀璨的诗国来说，应该是一件好事，因为肯定很多人去读诗。从这一方面来看，电视节目已经收取了所期待的效应。

有人批评说，节目更多是展现了选手的背诵能力，这不算本事。这种批评没有道理，因为这只是一个电视节目而已，需要照顾的因素太多，着重于考核选手的背诵能力，并没有什么问题。为什么那些竞相飙高音的节目可以得到追捧，而奖励选手背诵诗词的节目却不值得赞赏？这在情理上说不过去。

事实上，对于学诗词的人来说，无论年纪大小，多积记诵之功，永远不是一件坏事。前贤非常注重记诵。翻开《朱子语类》就可以看到，里面有大量谈论读书方法的内容，其中很大一部分是在强调记诵的重要性，以及告诉弟子如何去熟记所读过的书。朱子这些言语，针对的是普通读书人，而不是职业学者——那时候并没有这个职业。

学习古典诗词，记诵是非常重要的一种方法或手段，当然，它不能是目的。就我本人的见闻来说，今人的记诵之功，不是积得太多，而是太少。常见一些学者，陈述起观点来口若悬河，然而需要征引典籍的时候，他们往往不能背诵出原文，而是采取约述大意的方式进行。相比起来，老辈学者（尤其是受过旧式私塾教育的前辈）则不然，他们在谈话的过程中，一旦遇到经典书籍的片段，经常能够直接背诵出原文。

有人说，古人这种重视背诵的精神，扼杀了思维的活跃性，导致科学的不发达。我只能说，这个锅太大，古人是不背的。在读书上重视记诵，何以就限制了科学？这个疑问是一个值得探究的重大议题。事实上，一些人打造这个大锅，往往只是在掩饰自己的懒惰罢了。记诵，从来就不是一朝一夕的事情。对于一篇文章、一首诗，今日能背诵，一段时间之后可能遗忘，这是人之常情。针对这种情况，古人强调要温故，然而今天一些人转而鄙薄背诵，若不是懒于温故，实在找不出其他原因。

记诵是一种实打实的功夫，非常能说明一个人在学问上的功力。什么样的情况下，最能看出一个人的学问如何？答案应该是和此人聊天，而不是读他写的文章，因为文章可以事前做准备功夫，而聊天尤其是闲聊则不同，一个人的腹笥丰不丰，往往能在闲聊中体现得淋漓尽致。

所以某种程度上看，能背诵的作品多，还真是一项本事。选手在节目中展现出很强的背诵能力，毫无疑问是值得赞赏的，因为会这种功夫的人，我并不认为有很多——观众对选手背诵量的惊叹，不是正好说明这一类人在人群中的比例之低了吗？

多积记诵之功，跟某些人提倡的少儿读经运动不同，读经主事者只是要求少儿背诵经典，不讲解文意，夸大背诵的功效，这种做法是把背诵当成了目的，自然有许多弊病。但因此而反对或鄙薄背诵，则是因噎废食，走向了另一个极端，同样不可取。

在我有限的视野里，还没有见过一个背诵量很小的人能把古典诗文学好的。古人就更不用说了。王勃即席写成的《滕王阁序》成为千古经典，文章里面有大量的典故，只能从平日的记诵中来。《左传》说："文王犹勤，况寡德乎？"把这个说法切换到古诗文学习上就是：天才尚且如此用功于记诵，何况我辈凡夫俗子呢？

比不通格律更可怕的，是不问是非

在诗词引发全民关注的时候，我们似乎更应该把力气用于探求诗词方面的真是真非问题。令我唏嘘的是，在这一端，所看到的是满满的遗憾。

所谓的“是非”，不只是简单的对错，亦包含了对事实的认知与态度。一个人是否尊重事实，决定了与此人进行的讨论是否有意义。朱子说：“天下义理，只有一个是与非而已。是便是是，非便是非。”譬如，古典诗歌分古体诗和近体诗两种，从宋代以来，人们写近体诗都遵用“平水韵”，语言一直在变，但“平水韵”是一个稳定的书面系统，即便是帝王写近体诗——例如乾隆，也遵循这个韵部。这些情况，就是不容抹杀的事实，其背后的道理是：不能因为迁就当下的语言而轻易改动诗韵，因为语言流变得快，今日改订韵部，明日语言又变，那么按照这种思路，韵部又要再改，如此折腾，还写什么诗呢？

因此，今人写古典诗歌，若是不想遵用“平水韵”，大可不写近体，而可以去写古体，因为古体诗在押韵方面要求没有近体严格。所以这里面就有一个是非：遵用“平水韵”

的作品不一定是近体诗（可能是古体），但不遵用“平水韵”的一定不是近体诗。

不过，当下的一个“盛景”是，一些好古人士提笔写古典诗歌，从平仄上看，他们是努力做到符合近体诗的格律，很显然是在写近体诗，然而押韵的时候却不用“平水韵”，还美其名曰用“新韵”。这种情况，存在于许多古典文学方面的学者身上，令人咋舌。又见《中国诗词大会》的一位评委，集了苏轼的几个诗句以成一首“七绝”，首句最后一个字是平声而不入韵，这不合近体诗的格律。被人指出问题后，这位先生如何进行自我辩护，此处不论，值得一说的是，他的粉丝们见此情况，纷起指责批评者是在嫉妒，却不理会批评者所指出的问题是否属实。这种情况，就无法进行交流了。

写诗出律不可怕，丢失了最起码的是非观，才是最惨不忍睹的情况。写诗不合格律，改合律就是了，然而今人文饰之辞何其多也。事实上，在学诗这条路上，再也没有比掌握格律更简单的事情了，一两个小时的学习即能解决，接着需要做的事情，便是在阅读古人作品的时候注意核对格律，久之便于格律问题豁然无碍。

在今日常见的景象却是，许多学者或诗人一而再、再而三地强调要遵循格律。然而在另一边厢，一些享受巨大社会声誉的人，把一些不合规则的诗摆放出来，赚取世人点赞无数。你一说格律有问题，马上有人维护对方说：“格律只不过是形式，形式应该与时俱进，意境、韵味才是最重要的。”

这种声音，非但没有让人看出有什么意境或韵味，反而将说话者身上那股蔑弃规则的缺点展露无遗。当事不关己的时候，这些人可以大力挞伐、嘲讽那些不遵守规则的人，然而反观其人，却随时在藐视世间的规则。人一不小心就会成为自己鄙视的那种人，这真是一句警世名言。

每一种文体，都有它的规则。我们看到，即便是对韵部要求比较宽松的古体诗，也有一些必须遵守的规则，比如不能平仄通押。一个人写古体诗，文字的“意境”再高，也不能平仄通押。若是作者非要如此不可，那么可以去填词，例如《西江月》这个词牌，就是规定要平仄通押的。

在体育场上，没有人会反对这种说法：玩篮球不能用脚，用脚请去足球场。然而在今天的诗词圈里，你一谈类似的规则问题，则一定会有人出来抵制。可堪浩叹。

那么，对于前人定下来的规则，是不是就得一成不变地遵守呢？当然不是的。在近体诗高度成熟的宋代，有许多诗家去创作拗律（平仄不符合常规格式的律诗。在唐代，杜甫写诗时就已经有许多这样的尝试），比如黄庭坚、陈与义，就写了不少拗律，其中一样有许多佳作被后人记住。然而这种做法的前提是，诗人早已熟练掌握了常规律诗的创作。今人却是连基本的格律关都没有过，就大谈意境为上、格律次之。如同一个人连站立都还没有学会，就谈论如何跑步——

这种声音，能有多大的聆听价值？

说尽万千道理，不如先掌握平仄

在古典诗词这一领域里，判断一个人是外行还是内行，一个重要标准就是看其是否掌握了平仄。汉字都有平仄属性，有些字是平声，有些是仄声，有些则是平仄两读。在古典诗词中，平仄是绕不开的一道大关。

1932年，陈寅恪先生致信刘文典说：

> 平仄声之分别，确为高中卒业生应具之常识……今日学校教学英文，亦须讲究其声调之高下，独国文则不然，此乃殖民地之表征也。声调高下与语言迁变、文法应用之关系，学者早有定论……凡中国之韵文诗赋词曲无论矣，即美术性之散文，亦必有适当之声调。若读者不能分平仄，则不能完全欣赏与了解，竟与不读相去无几，遑论仿作与转译。（《与刘叔雅论国文试题书》，见《金明馆丛稿二编》）

陈寅恪先生所论甚是，他这一封信，深入谈论了国文教育的一些重要问题，对于今日的语文教育者来说，仍然非常具有参考价值。

别的不说，掌握了平仄，首先就能帮助你正确地读音。比如“忘”字，在今天的普通话里是去声 wàng，但在古诗文里一般作平声用，读 wáng，像陆游的诗句“家祭无忘告乃翁”，这句“忘”字所在的位置只能是平声，所以要读 wáng。

又比如，“听”字也是平仄两读的，平声的读音是 tīng，仄声的读音是 tìng。在苏轼的名作《定风波》中，根据格律，“莫听穿林打叶声”里的“听”字必须是仄声，只能读 tìng。同理，唐人李颀的“鸿雁不堪愁里听，云山况是客中过”亦然，此联出自一首七律，上联的“听”字只能是仄声，读 tìng；至于下联的“过”，也是一个平仄两读的字，但在这里它是一首律诗的韵脚，只能是平声，读 guō。

说到底，掌握了平仄，绝对不是一件多么了不起的事，而只是一项基础功夫。读诗若是不理会平仄，极容易一开口就把本来很美的作品读错了。另外，掌握了平仄也在生活中有一个巨大的好处，那就是过年贴春联的时候，不会把上下联贴反——千万不要小看这件事，你若是留心家家户户贴的春联，便可发现贴对的并不多。

另外，掌握了平仄，就可以根据“平声长、仄声短”的原则，去吟诵你所喜欢的古典诗词。不少人读诗，要么是平平念出来，这容易显得干巴巴；要么是使用朗诵腔，这种读法往往夸张且没有普适性。吟诵则没有这些弊病。前贤即使写古体诗，也非常讲究平仄的安排，其中一个考虑是诗成之后要进行吟诵。我们作为读者，对古诗文进行吟诵，是致敬前贤的一个上佳方式。

相对于了解格律而言，要做到清楚辨别每个字的平仄，花的功夫可能要多一些。识别平仄的一个重要步骤，就是辨认入声字。不过，在这个时代，我们想要学知识又实在是太方便了，只消在网上稍事查找，就能找到许多帮助你辨认入声字的方法或经验。

如果说单纯去了解平仄不免有点枯燥的话，那么现实世界中亦已有非常好的书籍，喻守真的《唐诗三百首详析》，帮我们既能读到好的诗词赏会，又能掌握平仄，并不难找到。

要之，欣赏前贤留下的美丽诗篇时，与其口沫横飞地去说尽万千道理，不如先掌握平仄。在诗词世界里，平仄是一道“硬菜”，把它吃下，接下来才有底气去发表各种高见，不是吗？

诗不在远方

2016 年，一句“诗与远方”引发全民热议。2017 年，一个《中国诗词大会》让国民兴奋异常。那么，诗词的春天来了吗？我们对诗真的有那么向往吗？

未必。这是因为，诗词从未进入过“冬天”。可以肯定的是，人对美的追求与向往是不会丧失的，古典诗词能够屹立在无情的历史长河当中，已经被证实了是一种美的东西，只要汉字不消失，就一定会有许多人喜欢它。

话说回来，多人喜欢诗词，不意味着会多出一些诗人。诗词虽美，若说全民都向往它，都去习写诗词，那是不可能的事，也没有必要。即便是诗在各种文体中占据最高位置的古代，顾炎武也说“诗不必人人皆作”。所以在今日，即便往深一层说，在大学中文系里也不必要求每个人都会写古典诗词。

甚至对于所谓的诗词“普及”二字，我们也应该有一分冷静的思量。因为最普及的，往往不是最好的。比如李白的诗作里，《静夜思》绝对称不上佳作，但它绝对是李白知名度最高的作品之一。又比如同样是唐诗选本，沈德潜的《唐诗别裁集》，选诗眼光要比《唐诗三百首》精到，但此书的名气不可能比《唐诗三百首》大。这些都是我们在谈论诗词的时候需要照顾到的事实。

当然，《静夜思》与《唐诗三百首》不应该受到讥笑。正如在这个尘沙漫天的时代里，《中国诗词大会》这样的节目能够受到广泛关注是件值得欣然的事情一样。现在，节目的使命已经完成，接下来值得关注的，就是诗词本身的一些基本元素：格律、平仄、体要……这些知识并不难得来，它们是我们无论读《静夜思》还是《梦游天姥吟留别》，喜欢《唐诗三百首》还是《唐诗别裁集》，都最好要具有的储备。

诗，不在远方，就在我们自己的脚下。

负隅顽抗与诗性

在古典诗歌当中，“故人”是一个美妙的词。这个词的意思很宽泛，既可以指老友，又可以指情人——尤其是与“新人”这个词对举时，“故人”往往特指老情人。

历来关于“故人”的好诗，真是多如牛毛。唐人李益的《竹窗闻风寄苗发司空曙》，就是其中的声名显赫者：

微风惊暮坐，临牖思悠哉。
开门复动竹，疑是故人来。
时滴枝上露，稍沾阶下苔。
何当一入幌，为拂绿琴埃。

诗里的第二联，可以说是传诵千古的名句了。

我曾与一些初学写诗的朋友戏言：“如果你们赠诗给友人，实在没有什么好写的，不妨先把‘故人’二字写下来，然后灵感可能就跟着来了。”这当然只是发生在朋友间的嘲谑之言，写诗如果着眼于这种套路，诗意就丧失了。不过，支撑起这个玩笑的，是与“故人”一词密切相关的因素：时光。

已经发生的，就成了“故”。“故事”也好，“故人”也罢，这些名堂之所以令人着迷，就是因为在时光的点染下，本来即便是乏善可陈的人或事，也无端有了一道苍茫的色彩。

人出生以来，即脚步永不停歇地奔向衰亡，这是所有人共同的命运。对于每一个人来说，“丧失生机”这个终极归宿，总归不是一件乐事，所以流逝的时光，最容易让人生发愁思。这种愁思，也可以算是人类最深重的悲哀之一了吧。

唐人赵嘏的《江楼旧感》诗说：

> 独上江楼思渺然。月光如水水如天。
> 同来望月人何处，风景依稀似去年。

这是赵嘏的代表作之一。其实，去年的光景一定好吗？未必。只不过经过了一年之后，当时同游的人不在了，诗人或许陡然觉得，去年的光景竟是如此美好。

实际上，此时此刻的光景，也已经不是去年的风味了，只不过诗人无暇去细究，又或是不愿意承认罢了。所谓“物是人非”，背后的残酷事实是“物人俱非”。

好的作手，不会把思力集中在今昔对比这件事上，因为这种事情毫无意义，毕竟当你说出“今”的下一秒，这个“今”就成了“昔”。时光之河无情向前奔腾，人永远不能停舟回望。

历来被人们赞赏的佳作，往往是在时光永恒变动这个状态当中，展现出一些不变的意志。譬如，潜藏在“开门复动竹，疑是故人来”里面的，是李益对故人未曾变改过的喜爱之情。再细看赵嘏的《江楼旧感》，不难发现里面不变的内容，是诗人希望与同一批人相处的愿望。

宋人陈与义有一首《牡丹》诗：

一自胡尘入汉关。十年伊洛路漫漫。
青墩溪畔龙钟客，独立东风看牡丹。

此诗的内容与《江楼旧感》迥异，但里面也贯穿着不变的意志：靖康之变已经过去了十年，此刻诗人僻居南方，家乡洛阳是回不去了，老态龙钟的他，独自站在一条小溪的边上，默默地看着牡丹。

这首诗最关键的地方，就是龙钟客独立看牡丹这一情景。身历沧桑巨变，诗人陈与义在垂暮之年，依然保持着观赏牡丹的心情。他其实不是在看牡丹，而是对时光，或者说是对世间的一切变动，进行一场负隅顽抗。

当人花两谢之后，产生于这场负隅顽抗里的诗，成了不朽名篇，帮助陈与义换了另一种方式活着。

这种负隅顽抗，就是诗性的一种。我们需要诗，需要的往往是这种负隅顽抗，因为“败”是我们的终极命运。

水自东流人自西

在古典文学这片天地里，诗与文的区别，有点像箫和笛之分：箫的技巧没有笛子繁多，初学起来，箫比笛容易上手，但要真正把箫声吹出神韵则很难。

在这一点上看，诗有点像箫，文有点像笛。学写诗，比学文容易上手，但要把诗写得好，则不是一件容易的事，光有学问还不行，还需要天赋。天赋若是不高，即便学问再大，在写诗这件事上也帮不了什么忙。比如我们可以看到，清代的硕儒很多，然而其中能诗者可谓寥若晨星。

文章则不然，即便天赋不高的人，也能依靠学问来写好文章。这方面比较显见的例子是欧阳修，欧公的辞章才华不如他的门生王安石和苏轼，不过这并不妨碍他的文名与这两位高才门生等列。

反观诗词这个领域，又有着一个有意思的现象，那就是越短的体裁，就越难写好。所以，那些擅长写七绝或者小令的人，都值得我们珍爱，因为他们大多是天才。在宋代，词中晏几道，诗中王安石，都是这一类人。

据《括异志》记载，陈靖是北宋时期的一位高士，倜傥有气节，中过进士，在做孝感令的时候，因公事忤逆了郡太守，遂弃官隐居，最后以太子中舍的身份致仕。

有一年碰上了饥荒，陈靖和夫人来到京师卖药谋生。当时不少朝廷官员与陈靖有旧，纷纷去拜访他。

对于故人的来访，陈靖一概回避，并把他们送给自己的钱，转赠给了道士或乞丐。后来，陈靖因为思念武陵山水之胜，全家搬去了那里定居。

王安石得悉此事，写了一首题为《送陈靖中舍归武陵》的诗，为朋友送行：

知君欲上武陵溪。水自东流人自西。
到日桃花应已谢，想君应不为花迷。

“水自东流人自西”是一个极具美感的画面，里面的人逆势而上，他是在追求某种东西，也是在对抗某些大势，坚姿呼之欲出。

最后两句意味深远。你逆流而上，辛苦赶去武陵，然而到达的时候，桃花可能已经凋谢了，你应该不会为此而迷失吧？

也就是说，当你全力追寻心中所慕，后来却发现，当初所想象的那些美好已经不存在，甚至转而成了障碍的时候，你是否还拥有那种宁静而愉悦的心情？

这是王安石对陈靖的寄望，也是他对自己的期许。

人在世间，往往会出现这样一种历程：激起希望，寻找希望，然后为之殚精竭虑。于是我们可以看到，有人终生在希望的对岸徘徊、望洋兴叹，有人因满载而归而沾沾自喜，也有人因看到美好想象的崩塌而极度失望。

着急、彷徨、嗟怨、得意之象，在这个世界上可谓纷呈不衰，然而就是相当缺少宁静喜悦之景。

真正的诗人，多是自带静谧喜悦的人，这使得他们温和而坚定地屹立在纷乱世象中。王安石有一首七绝《北山》，其语如下：

北山输绿涨横陂。直堑回塘滟滟时。
细数落花因坐久，缓寻芳草得归迟。

诗中流淌的自得其乐之情，正是诗人本色。

陈衍在《石遗室诗话》卷十七里，摘录了一些王安石的佳句并评价说："以上荆公佳句，皆山林气重，而时觉黯然销魂者，所以虽作宰相，终为诗人也。"斯言甚是。王安石只是不小心做了宰相，本质上是一个自适其适的诗人。无论是他的行藏，还是他的“明月何时照我还”，都在提醒我们，生命中还有一些超越性的东西值得追寻。

隐居钟山的时候，王安石彻底展现出了诗人的气象，所作七绝几乎每首都值得细玩。在政见上，王安石曾与苏轼龃龉。王安石废相之后，两人捐去了旧见。苏轼曾经去钟山拜访王安石，两人作诗唱和，其中苏轼有一首步《北山》韵而成的绝句：

> 骑驴渺渺入荒陂。想见先生未病时。
> 劝我试求三亩宅，从公已觉十年迟。

在这四句里，苏轼所表达的也是诗人的感慨。

在尘世里浮沉，非但没有磨损这些诗人的心性，反而让他们对世界有一种独特而有魅力的洞见。原因无他，不会为花而迷的人，自然也不会迷乱于尘世之中。

杜诗至味

学者洪业先生的《杜诗引得序》，被陈沚斋先生（名永正，字止水，沚斋其号，生于1941年，中山大学教授，当代诗词大家）誉为最好的杜甫研究文本，一篇文章胜过他人不知多少专著与论文。洪业著有一本书，名字就叫《杜甫：中国最伟大的诗人》（洪业著，曾祥波译，上海古籍出版社2011年12月第1版），是向外国人介绍杜甫的传记。此书附有作者的《我怎样写杜甫》一文，里面谈到了这样一件事：在洪业先生14岁时，他的父亲给他一本《杜诗镜铨》，叮嘱他读杜诗，认为不仅可以学杜甫如何写诗，也可以学他如何做人。

但在那个时候，少年洪业对杜诗并不感兴趣，他已经读完了《唐诗三百首》里的杜诗，认为即使是杜甫诗集里的其他作品，也不见得有吸引人心的能力，而且杜诗十之七八的内容，他也觉得晦涩难懂。不过，父命难违，他还是放下当时很喜欢读的《随园诗话》，遵从父亲的建议去读杜甫，用了一年半载的时间，把全部的杜甫诗文都读了一遍。

洪业父亲这样告诉儿子：

> 难怪你觉得李太白的诗和白香山的诗都比杜工部的诗好。我年轻的时候，也有这样的感觉。年岁越大了，对于杜诗的欣赏，也越多了。读李诗、白诗，好比吃荔枝吃香蕉，谁都会马上欣赏其香味。读杜诗好像吃橄榄，嚼槟榔，时间愈长了，愈好；愈咀嚼愈有味。你说杜甫一生得意的时候少，倒霉的时候多；欢乐喜笑的声音少，叹息呻吟的声音多；这也是对的。不过人生的际遇离合大多半是不受个人支配的。杜甫在痛苦的处境中，还勉为常人之所难，这是可学的。这样地为人，走了运，当然会成功；倒霉了也不至于失败。

这段话不仅切中了诗的要脉，亦是伟大的教育。

我在微信朋友圈分享了洪业的这个故事，并附上了自己的一个感慨："一位父亲对孩子最好的诗教，就是教孩子读杜诗。"

几位朋友看见了，留言表示不敢教自己的儿女读杜诗，原因是杜诗太苦太沉重了。值得一说的是，这些朋友都是很敬重杜甫的读书人，他们这样做的理由，是不希望儿女过上一种沉重的人生。

我很理解为人父母的这种心情，但也觉得他们应该是过虑了，就跟他们说，命运这种东西，既由不得自己，恐怕也不是父母所能安排的，所以父母对他们未来的很多忧虑，很可能只是泡影。人的命运，或许在堕地的那一刻就已经写好了，只不过我们不知道罢了。我所知道的是，那些不断消逝的时间，赠予我很多苍黄之色，让我发现不少东西就像泡影般虚幻。在这种状态里，杜诗是少数能够让我还有兴趣与耐心读下去的文字。在我小的时候，先父教我读杜诗，后来他缠绵病榻，我无能为力，非常痛苦，在那个时候，我发现杜诗有一种奇异的能量，可以帮我对抗痛苦，这是很多诗家作品不具备的作用。当然了，这只是一己管见，不足为人道。

朋友们听了，有认同的，有不认同的。不过这都不要紧，要紧的是这一场交流对于我们来说，都是在为各自的见闻做增量。

学习杜诗，这件事细分起来可为两个部分，一是写诗的时候取法杜甫，二是单纯地阅读杜诗。

先说第一个部分。初学写诗的时候，是否应该取法杜诗？这种问题其实是没有正确答案的。历史上有很多人通过学习杜诗而成名成家（名单列出来会很长：李商隐、黄庭坚、陈师道、陈与义、元好问、钱谦益……）但这不意味着写诗就非要学杜不可。归根结底，一个人愿意模仿什么样的诗家，就跟吃东西的口味一样，既有环境、经历等各方面的原因，又在某种程度上是天生的。所以写诗的时候取法哪些诗家，这些路子有宽窄之分，但没有对错之说，它在本质上是一个价值选择的问题。

《杜甫：中国最伟大的诗人》这个书名也一样，它本质上不是一个事实判断，而是一种价值选择。如果这本书的名字是事实判断的话，那么它是非常值得商榷的：中国最伟大的诗人为什么不能是屈原？论生命色彩，屈原只会比杜甫悲壮、庄严；论作品的精彩程度，屈原不逊色于杜甫，论对后人的影响，屈原也是一个极高的典范。在这个反问句里，把屈原替换成苏轼也一样能够成立——苏诗对后世诗家的影响也非常深远，而且他的生存思想对中国人的影响，可以说是比屈原与杜甫广大，因为苏轼的处世哲学更加具有普适性，杜甫的人生行为则很难效仿，至于屈原就更难取法了。

那么，在价值观上选择了推尊杜甫，究竟意味着什么呢？那意味着：我们愿意正视生命的局限性，并且希望能够改变这种局限性。

杜诗中的痛苦之言，往往源于这两点：身体老病；世间不美好。第一点可以说是根本性的，《杜甫：中国最伟大的诗人》一书就注意到了这个要点，书中叙述杜甫生平的时候，会告诉读者那时候的杜甫身体状况如何。

身体老病以及世间不美好，正因生命的局限性而起——

老病是我们每一个人都不能避免的命运，即使在医术如此发达的今天，百年依然还是我们的普遍大限；至于世间的不美好，如果不是常态的话，也可以说是极易出现的局面，这个局面同样也不是人力所能改变的，历朝历代不知有多少仁人志士，希望改造世界然而以失败告终。

杜甫正是由于随时觉察到生命的局限性，然后写了许多看上去很痛苦的诗。出人意料的是，那些痛苦的诗，却给了后人振奋精神的力量，让人在危难到来的时候总会想起杜诗，并且获取力量，从而坚强地活下去。这是因为，杜诗里面各种痛苦的产生，是由于诗人希望摆脱生命的局限性——他如果不是因为不愿赍志而没、不想看到世间不美好，早就向命运束手就擒了。这种挣扎，本身就是一种力量。

可以这样说，杜诗里的苦音，只不过是杜甫大方说出自己的一种生命真相而已。这种大方的吐属，正是古今伟大诗人的一个公约数。我们学古人诗，亦是在学他们的吐属。

此外还值得一说的是，我们对于杜诗的印象，其实普遍还是《登高》留下的烙印：悲苦、深切、重大。这当然是刻板印象，且不说杜甫诗集里有大量的可喜之作，即使他在去世前夕写的作品《燕子来舟中作》，亦绝然另一种风味：

湖南为客动经春。燕子衔泥两度新。

旧入故园常识主，如今社日远看人。

可怜处处巢居室，何异飘飘托此身。
暂语船樯还起去，穿花落水益沾巾。

这首诗说自己做客湖南经年，无以为家，就居住在舟上，这时燕子来访，远远相望这个失去了家园的昔日主人；燕子有情，主人亦如是，他觉得到处营巢的燕子，跟漂泊无依的自己，其实是一样的身世；末联写燕子与诗人依依惜别，更让诗人悲伤。全诗写燕子，亦写自己，如同庄周与蝴蝶的关系那般，人燕合一，透出无限迷离怅惘之感。

不过，此诗调子虽悲，却写得洒落自如，一点也没有辛苦、凝重之态。它甚至没有亮眼的警句，不容易让人记住——要知道，此诗的作者可是自称“为人性僻耽佳句，语不惊人死不休”之人。然而这种作品，又经得起反复咀嚼，味淡而长，可以说是杜诗至味之一。黄庭坚的《追和东坡壶中九华》一诗，既是写石头，又是写苏轼的身世，在寻常道来的语句里，透出对苏轼的深重哀思，亦是学了杜甫的这种笔调。可惜历史上学习这种路数的人，终究还是太少，后世学杜者多是模仿他的庄言重语，这虽然算不得有错，但亦成了一种路径依赖。

至于第二个部分，即在阅读这件事上，则是绝对不宜绕过杜诗的。少年不喜杜诗，实在太正常不过，因为人在充满朝气的时期，不会对杜诗有多大的共鸣感（能做到不厌恶就已经不错了），然而不能因此不接触杜诗，否则对中国诗歌的认识就会有一个重大的盲区。

更进一步说，人是一定会遭遇挫折的，如果到了受挫的时候才去读杜诗，那么杜诗未必会提供你想要的帮助——在那时候，倘若杜诗反而加重了你的悲苦感，也是很有可能出现的情况。道理很简单，在生活中，我们对这样的朋友往往是不太欢迎的：平时不交流，一旦和你联系了就是找你帮忙。我们常说，读古书是“尚友古人”，既然说好了是跟古人做朋友，还是不要这样怠慢朋友的好。

他完美躬行了“虽九死其犹未悔”这句话

这是中国历史上一个极其伟大的瞬间。

公元 11 世纪，中国西部地区，一位年仅 10 岁的少年，某天在母亲的陪伴下读《后汉书·范滂传》。

范滂是东汉末期士林核心人物之一，疾恶如仇，胸怀大志，“登车揽辔，慨然有澄清天下之志”。汉末政局动荡，宦官集团和士人集团斗争得非常激烈，很快就演变成了“党锢之祸”，士人集团遭到了残酷的镇压，大批读书人被杀害。

范滂自然不能幸免。朝廷发出了诛杀范滂的命令。范滂家乡的县令接到命令之后，拒绝执行，更向范滂表示，愿意丢弃官职，与他一起逃亡。范滂没有听从县令的建议，平静地选择了被捕入狱。在入狱前，他回到家中与母亲诀别：弟弟是一个孝敬母亲的人，他能够很好地奉养您，而我能够到地下追随已经去世的父亲，生死各得其所，还请您不要伤心。

范滂母亲听了，说：你已经有了这么高的名望，人生没有什么遗恨了，好的名声以及长的寿命，这两个是不能兼得的，去吧。

范滂入狱，随即就被处死，年仅三十三岁。

巧的是，那位少年比范滂晚生了九百年，他读了范滂的事迹之后，放下了书卷，这样问母亲：如果我长大以后成为范滂那样的人，您会允许吗？

少年的母亲马上说：你能做范滂，我就不能做范滂的母亲吗？

这位少年后来名震天下，他的名字叫苏轼。

赞美他旷达，可能是一种不尊重他的行为

如果说要在最近一千年的中国历史里面，选出一个最耀眼的文化明星，恐怕得票最多的要数苏轼了。

在日常生活中，不见得每个人都喜欢苏轼，但完全可以肯定的是，人们很难厌恶苏轼。未经忧患的，喜欢他的飞扬跳脱；饱经忧患的，更喜欢他的飞扬跳脱——论天才，我们不如苏轼，论经历过的忧患，苏轼更是数不胜数，这样一个人，还能够展现出如此强大的生命力，我们还有什么理由被自己的挫折所困扰呢？

人们对苏轼的赞美，多如天上的星星，这里就不赘引

了。在众多的赞叹声中，有一个词是经常出现的，那就是“旷达”。这几乎成了苏轼的一大标签。这种说法，大抵是受了“大江东去”“竹杖芒鞋轻胜马，一蓑烟雨任平生”等词句的影响，这些作品里面的作者，确实有一种站立在高远之处的气象。

然而，这跟旷达好像不是一回事。所谓旷达，是指人对生命中的重大难题，都真切地不放在心上。旷达到了极致的人，对死亡都不在意。这一方面的典型人物，是庄子。

如果说死亡一事至重至大，不宜拿来做旷达的例子，那么起码也要做到：从容应对年华或才华的虚耗，方能算得上旷达。对于一个才士来说，若是时光与才华不断虚耗，这不仅是生命中的难题，甚至还可以说得上是灾难。

细读苏轼的诗集，我们就发现，年华流逝这件事，一直令他怅触，以致在诗里发出了许多哀叹。可以这样说，苏轼并不缺乏“早衰”的心理。宋神宗熙宁六年（1073 年），苏轼写下《除夜野宿常州城外二首》，其中一首是：

行歌野哭两堪悲。远火低星渐向微。
病眼不眠非守岁，乡音无伴苦思归。
重衾脚冷知霜重，新沐头轻感发稀。
多谢残灯不嫌客，孤舟一夜许相依。

第五句有两个“重”字，属于同字不同义的情况，前一个读 chóng，后一个读 zhòng。写这首诗的时候，北宋正在推行新法，苏轼不得志，出任杭州通判，其间往来常州、润州等地赈济饥民，适逢佳节，而民有惨色，首句的“行歌野哭两堪悲”，盖因此而发。全诗的底色相当苍凉，这种情绪，并不仅仅因为岁时不好或是仕途不顺而生发。此时的他，年纪也不过三十八岁，在壮盛之年，却是“新沐头轻感发稀”，身体呈现衰象，这让他感到了凉意。

后来，苏轼从海南北归的路上，再度经过了大庾岭，在一间村店里稍事休息。当地的一位老翁看见了，过来问苏轼的随从：“官为谁？”得知是苏轼之后，老人赶紧过来作揖，说：“我闻人害公者百端，今日北归，是天祐善人也。”

苏轼笑而谢之，然后写了首《赠岭上老人》：

鹤骨霜髯心已灰。青松合抱手亲栽。
问翁大庾岭头住，曾见南迁几个回。

这是他在时势对自己有利的状况之下写的诗，细看作品，所谓旷达，也不知从何说起：在那个时候，岭南、海南是险恶之地，贬谪到这边的人，很少安然返回，自己南迁，回是回了，却已衰病不堪，回顾过去，满腔的用世热情以及才华，不知用在了何处，无边的悲凉溢于笔端。

这就是旷达语境之外的苏轼：直到垂暮之年，他的心情仍然被一些东西撕扯着。这种状态，跟我们寻常说的放不放得下一点关系都没有，更不能说明他颓丧——如果一个人在遭受了那么多痛苦之后，连苦音都不好意思发，那么诗这种东西也就可以不要了。

杜诗也多苦音，然而在我看来，苏诗的苦音比杜诗更加沉重，因为苏轼的人生落差比杜甫大得多。杜甫一辈子并未真正得意过，而苏轼则在二十岁时就通过科举名扬天下，被宋仁宗视为未来的宰相人选，后来官位也一度接近宰相。无论在庙堂还是江湖，苏轼都拥有无与伦比的影响力，却收获了跟杜甫一样的命运：在坎坷动荡中过完一生。

所以，过分强调苏轼“旷达”“洒脱”这些面目，并不可取，因为会轻视苦难对一个有才之人的摧折，进而落入赞美苦难这种俗套里，从而赋予了不义之事以合法性。

可以这样说，如果一意赞美苏轼旷达，可能是一种不尊重苏轼的行为。

如何看待他作品里的苦音

回到诗本身，在对诗人的苦音有了足够的尊重感之后，我们又不能对苦音里面的细节太当真——那往往不是诗人希望看到的。

这不是说作品中的苦音只是诗人发发牢骚而已，而是涉及古典诗歌的一个特性，即欧阳修的这句话："世谓诗人少达而多穷，盖非诗能穷人，殆穷者而后工也。"（《梅圣俞墓志铭》）"诗穷而后工"，即由此成了一个广为人知的熟语。这里的"穷"字，自然应该是指处境困难的意思，不专指贫困——当然，也很可能包含了贫困。

如果粗略看一下历史现象，确实是符合欧阳修说的：每当社会发生剧变时，就会涌现一些了不起的诗人，譬如安史之乱中的杜甫、刘长卿，北宋灭亡时的陈与义，以及在晚明清初、晚清民初这些特殊时期，都出现了一批作手。

但是细究起来，诗人经历了"穷"的境遇以及诗作的"工"，这个因果关系又实在很难说得上是合理的。就拿陈与义来说，我们仔细看看他在北宋时期的诗，就知道他的功底其实已经打下，单纯就技法上看，并不比南渡后的篇章逊色，只是题材窄了些而已，然而我们没有理由要求一个尚未经历战乱的人，去写一些沉痛的诗歌。

不可否认的是，我们早已对穷苦之言形成审美心理，大家脑海中所记得的诗句，怕是穷苦之言多过欢愉之词吧。这恐怕并不是诗人强说愁而致，而是因为悲苦就是人生的底色之一，我们需要一种特殊的态度，去对待那些不如意的情况。

一个再普通的人，无论身处哪一个时代，只要上了点年纪，哪会没有挫折？即使幸运到一辈子无灾无咎，晚年还不是要受到老病的威胁？逆境无处不在，我们需要一些有用的方法。

苏轼的《次韵柳子玉过陈绝粮》诗说：

如我自观犹可厌，非君谁复肯相寻。
图书跌宕悲年老，灯火青荧语夜深。
早岁便怀齐物志，微官敢有济时心。
南行千里成何事，一听秋涛万鼓音。

在这首诗里，如果你认为苏轼只是在嗟卑叹老、事业无成，那可就上当了。苏轼本人无论是对于自己的学问还是辞章，都是非常自信的，他曾跟苏辙说："吾视今世学者，独子可与我上下耳。"（苏辙《亡兄子瞻端明墓志铭》）

苏轼这首诗的苦语，跟黄仲则的《别老母》有着非常大的不同：

搴帷拜母河梁去，白发愁看泪眼枯。
惨惨柴门风雪夜，此时有子不如无。

黄诗是真的在说苦，而苏诗首联"如我自观犹可厌，非君谁复肯相寻"就有戏谑味道，第六句更是用了"敢"字，这是一个微辞，全诗更多地是在用一种自嘲的意态，去对抗、消解痛苦的心情。这也意味着，对于古人诗文里的一些苦语，我们需要擦亮眼睛，有时候不能太认真。

自嘲，这几乎是古代有道之士的一项必备技能，例如孔子，就经常使用这一技能。

《论语》“阳货篇”最后一部分内容，是这么一个片段：“子曰：年四十而见恶焉，其终也已。”这句话常被解读为：一个人如果到了四十岁还被人憎恶，那么这个人也就那样了。朱子《论语集注》认为，孔子说这句话的用意是：“勉人及时迁善改过也。”

然而，《论语》里分明还有这样一个片段：子贡问孔子，一个人能够令乡人都喜欢自己，这种情况怎么样？孔子认为，这还说不上好。子贡又问，如果是让乡人都讨厌自己呢？ 孔子说这也不行，理想的状态应该是：“乡人之善者好之，其不善者恶之。”也就是说，要乡里的善人喜欢他，不善的人憎恶他，这才算好。

这意味着，孔子是不惧怕被人憎恶的，他在意的是被什么样的人憎恶。所以如果“年四十而见恶焉，其终也已”这句话的用意是勉人迁善改过的话，就不太通了。况且在事实上看，一个人无论再怎样修身、无论在哪个岁数，都不可能做到完全不被人憎恶的。

俞樾《群经平议》认为，这句话里的“恶”字，应该是

“诋毁”的意思，孔子这句话，是对自己的一个感叹，背景可能是这样的：在三十五岁那年，孔子到了齐国，齐景公很赏识他，欲委以重任，但这件事被晏婴劝阻了；孔子待在齐国的时间，有个说法是七年，那么他可能在四十岁左右的时候，发出了这个感慨：人到了四十岁还被人诋毁，这辈子恐怕是没戏了吧……

俞樾的这个说法，在情理上更能说得通。在《论语》里，紧接在“阳货篇”之后的“微子篇”，这一章有许多仁人志士因为不得意而隐沦的内容，这恐怕不是一个无意的安排。

“年四十而见恶焉，其终也已”一语，很可能是孔子的自嘲，里面隐藏着的，当然还有孔子对自己所修之道的自信。这也意味着，当我们进行自嘲的时候，得要有一些能够令我们自信的内容，这个自嘲才有价值。

毫无疑问，苏轼就是这样自信的人。在他的身上，有着非常强大的力量去坚守自己的信念。他临终之时跟身边的儿子说：“吾生无恶，死必不坠，慎无哭泣以怛化。”这句话的大意是：我一生没有作过恶，死后必定不会落入地狱，所以你们千万不要哭泣恐惧。

由此可见，苏轼是真正的强者，因为遭遇多次灭顶之灾的他，即使在生命最虚弱的时候，仍然坚信善有善报。

少年时候，他希望自己成为像范滂那样正直、勇敢的人。长大了以后，他遭到了各种势力的打压。最终，他的伟大丝毫不亚于范滂，深远地影响着中国人的品格。

苏轼既不旷达，也不颓唐，成就了他的，不是他经历过的挫折，而是他对信念的执着。他的一生，完美躬行了“虽九死其犹未悔”这句话。

为何孔子最欣赏的弟子是颜回

富贵与贫贱，这是一个亘古不变的议题。那么，古代士人是如何看待富贵与贫贱的呢？在他们眼里，富贵与贫贱，是一个动态的关系。刘禹锡的《乌衣巷》说：

> 朱雀桥边野草花。乌衣巷口夕阳斜。
> 旧时王谢堂前燕，飞入寻常百姓家。

这种变幻的感慨，大量出现在古人的诗里。李白的《江上吟》说：

> 木兰之枻沙棠舟。玉箫金管坐两头。美酒樽中置千斛，载妓随波任去留。仙人有待乘黄鹤，海客无心随白鸥。屈平词赋悬日月，楚王台榭空山丘。兴酣落笔摇五岳，诗成笑傲凌沧洲。功名富贵若长在，汉水亦应西

北流。

有意思的是，“功名富贵若长在，汉水亦应西北流”两句，经常改头换脸之后，出现在李白的诗集里：

> 四十余帝三百秋，功名事迹随东流。——《金陵歌送别范宣》
>
> 青门种瓜人，旧日东陵侯。富贵故如此，营营何所求。——《古风五十九首》其九
>
> 天虽长，地虽久，金玉满堂应不守。富贵百年能几何，死生一度人皆有。——《悲歌行》

这种重复自己的写作套路，当然不值得称道，但李白孜孜不倦于谈论这个话题，也足以说明了这件事：对于一些有志之士来说，如何冷静地看待富贵贫贱这种身不由己的命题，是一门必修课。

孔子说：“士志于道，而耻恶衣恶食者，未足与议也。”同时，他又不反对人追求富贵：“富而可求也，虽执鞭之士，吾亦为之。如不可求，从吾所好。”

当然了，孔子也说：“富与贵，是人之所欲也，不以其道得之，不处也。”又说：“邦无道，富且贵焉，耻也。”

可见孔子的贫贱与富贵观里，有一个非常关键的地方，

那就是：取财必须有道，无道而富，那是一种耻辱；此外，在一个无道的国家里取得富贵，也是一种耻辱，因为你得到的往往是不义之财。

上面所说的“富贵”二字，其涵义通行至今：财多为富，位高为贵。对于这种富贵，孔门是不向往的，他们对这两个字有另一番独特的诠解。

孔子跟鲁哀公说，儒者是“不祈多积，多文以为富”。对于一位真正的儒者来说，钱财物品这些东西积聚得多，并不意味着真正的富有，真正的富有，是博学多文。

关于如何为“贵”，孔门也有自己的眼光。孟子说：

> 有天爵者，有人爵者。仁义忠信，乐善不倦，此天爵也。公卿大夫，此人爵也。古之人，修其天爵而人爵从之。今之人，修其天爵以要人爵。既得人爵而弃其天爵，则惑之甚者也，终亦必亡而已矣。

公卿大夫，一人之下、万人之上，社会地位很高，用俗世的观点看，可谓富贵的代表。但孟子认为，这些只是人爵而已，并不尊贵，而“仁义忠信、乐善不倦”这些品质，属于天爵，才是真正尊贵的东西。

从孟子这段话也可以看出，他跟孔子一样，并不反对追求人爵，但指出天爵更可贵。

可以想见的是，如果一个人不修天爵，那么无论此人出身高第还是寒门，孟子都不会把他视为贵子。至于“寒门还能不能出贵子”这种话题，就跟“富家能不能出贵子”一样，都不是孟子关心的内容。

荀子说：“志意修则骄富贵，道义重则轻王公。”荀子经常与孟子立异，但在看待贫贱与富贵的态度方面，他们的精神是相通的。

孟、荀说的这些话，看上去很简单，然而非常不易做到。毕竟就人情来说，谁不希望自己富贵呢？许多人终日汲汲戚戚，不就是因为恐惧自己过不上好的生活吗？

《史记》载有孔门高足子夏的这句话：“出见纷华盛丽而说（同“悦”），入闻夫子之道而乐，二者心战，未能自决。”子夏既为孔子的学说而折服，同时又追慕荣华富贵，为此觉得很痛苦。

从“心战”两个字可以看到，发生于子夏内心深处的这场厮杀，是何等惨烈。

太史公一生景仰孔子，他也属于儒家。在《史记·货殖列传》一文里，他说：“无岩处奇士之行，而长贫贱，好语仁义，亦足羞也。”批评了那些喜欢说仁义然而生活贫贱的人。

这番话为太史公招来了许多非议，例如《汉书》就批评他说：“述货殖则崇势利而羞贱贫，此其所蔽也。”

其实，那只不过是太史公的发愤之言而已。太史公为李陵说话，汉武帝将他下狱治罪。按照当时的规定，他是可以出钱赎罪的。《报任少卿书》这样谈起这段经历："家贫，货赂不足以自赎，交游莫救，左右亲近不为一言。"

家里没钱、亲朋不施援手，导致太史公只能接受酷刑。世态炎凉，不可能让这位感情充沛的人的内心不起波澜，所以《史记》不乏愤激之言，然而细究那些言语，其旨仍然归于正道，这是太史公了不起的一个地方——不少人在遭遇了非常之事以后，矫激以纾愤，然后就不肯归于平正了。

在《货殖列传》这番话里，是有一个前提的——"无岩处奇士之行"。太史公是在批评那些空言无当的人，并非鄙薄贫贱之士。君不见，在《仲尼弟子列传》里，他讲述的第一个孔门高足就是颜回。众所周知，颜回终生穷困。如果太史公是势利之人，那么他应该把富可敌国的子贡列为孔门弟子之首才对。

在《论语》的记述里，孔子经常通过赞赏颜回以鞭策子贡，后人因此每把颜回与子贡相提并论。其实，适宜拿来与颜回对举的人，不是子贡，而是子夏。

孔子评价颜回说，"贤哉回也！一箪食，一瓢饮，在陋巷，人不堪其忧，回也不改其乐。贤哉回也！"值得注意的是，这一番话既没有追慕富贵的意思，也并不鼓励贫贱。

儒家尊颜，并不是因为颜回能够安贫——事实上，在颜回的生命中，无论富贵还是贫贱，都不是他用心的地方——而是因为在求道之路上，颜回不为外物动摇其心，展现出了强劲的力量。

这种不为外物动心的品质，子贡是有的。比如有人赞扬他贤于孔子，子贡马上严词拒绝。他身上这种中立不倚的力量，亦不逊色于颜回。我们知道，在毁誉汹涌而来的时候，能做到不为“誉”所动的人，要远远少于不为“毁”所动的人。

子夏则不然，在他的心里，富贵与夫子之道，尖锐对立起来了。如果把求道之路比作爬坡，那么颜回与子贡都在这条路上吃紧了一口气，而子夏则似乎随时准备着松一口气。

颜回没有事功，甚至没有著述，他的人生似乎很平常。然而我们只要看看世间那些层出不穷的蝇营狗苟之事就知道，颜回的表现是非常惊人的。

明儒王夫之在《俟解》一书里说：

> 人之所以异于禽兽者，君子存之，则小人去之矣。不言“小人”而言“庶民”，害不在小人而在庶民也。小人之为禽兽，人得而诛之。庶民之为禽兽，不但不可胜诛，且无能知其为恶者，不但不知其为恶，且乐得而称之，相与崇尚而不敢逾越。学者但取十姓百家之言行而勘之，其异于禽兽者，百不得一也。营营终日，生

与死俱者何事？一人倡之，千百人和之，若将不及者何心？芳春昼永，燕飞莺语，见为佳丽。清秋之夕，猿啼蛩吟，见为孤清。乃其所以然者，求食、求匹偶、求安居，不则相斗已耳，不则畏死而震慑已耳。庶民之终日营营，有不如此者乎？二气五行，抟合灵妙，使我为人而异于彼，抑不绝吾有生之情而或同于彼，乃迷其所同而失其所以异，负天地之至仁以自负其生，此君子所以忧勤惕厉而不容已也。庶民者，流俗也。流俗者，禽兽也。明伦、察物、居仁、由义，四者禽兽之所不得与。壁立万仞，止争一线，可弗惧哉。

王夫之认为，小人不可怕，可怕的是众庶。“众庶”这个词，辞典解释成“百姓”，但在王夫之这个论述里，或许解释为“庸众”会更贴切一些。小人之害，是显而易见的。庸众则是时刻在裹挟人、撕扯人，而人并不容易察觉，因为没有一个人会轻易承认自己是庸众的组成部分。

正如王安石《读柳宗元传》一文所说：

余观八司马，皆天下之奇材也，一为叔文所诱，遂陷于不义。至今士大夫欲为君子者，皆羞道而喜攻之。然此八人者，既困矣无所用于世，往往能自强以求列于后世，而其名卒不废焉。而所谓欲为君子者，吾多见其

初而已，要其终，能毋与世俯仰以自别于小人者少耳，复何议彼哉！（《临川文集》卷七十一）

这个论述道出了世间的一个事实：古往今来，以君子人格为目标的人，可谓数不胜数，实际上许多人并不能做到——这当然是正常情况，如果君子那么容易做，那就不可贵了——然而不少人最终却是与世俯仰，行径无别于小人（也就是今人常说的“成为自己曾经厌恶的那种人”）。

向上之心，人人皆有，但许多人在向上之路松了一口气，结果往往是一溃千里。壁立千仞，止争一线。孔子在众弟子之中最欣赏颜回，这是何等伟大的眼光。

当人心坏了的时候

2017 年的下半年，集中曝光了一些教育机构从业人员虐待儿童的事情。那些流出来的虐童视频，令人不忍卒看，然而我相信这只是冰山一角，因为类似的事情，多得超过我们的想象。

我有一位朋友，在目睹了别人家的保姆呵斥小孩之后，决定不请保姆照顾自己的孩子，改由家人、亲戚专力看护。呵斥小孩，是不是虐待儿童呢？当然是的，而且伤害绝对不轻，严重者可能给小孩留下一辈子的心理阴影，更可怕的是，这种伤害极其隐蔽，又非常容易出现在我们的生活里。

不是每个家庭都有条件请亲戚来照顾小孩，同时也不能因为有一些保姆对小孩不好，就否定了这个职业，毕竟这对于那些兢兢业业地工作的保姆来说，是不公平的。但一个事实情况是，孩子是人照顾的，是人就有喜怒哀乐，这些情感发得不恰当，就会给孩子造成隐性的伤害，而且难以惩后。

在面对人性的时候，再完善的法律法规有时也会显得无力。

虐童事件让我想起了一个事件。2017年初，一名男子逃票进入宁波的一个动物园，并且违反园内的规定，擅自进入猛兽区，最后被老虎咬死。事发后，引起全网的争论，其中一个分贝相当高的声音说，这名男子死不足惜，中国就是有太多像他这样不守规矩的人……

这种意见的本身，好像也没有什么错，一个群体遵纪守法的意识越强，收获良好生活的可能性就越大，这应该是没有疑问的。不过，理虽如此，这些声音总让人感到有哪些地方不对劲：挖苦一个罪不至死的生命，难道跟良好生活的诉求不冲突吗？

上文的两件事好像无关，但又隐隐有一些相似性，令我无端想起一位两千多年前的人来，他就是孟子。

孟子是一个“迂腐”的人，在虎狼相争的战国时代，他竟然跟诸侯大讲“义利之辨”，结果自然是没有几个人听他的。反复碰壁之后，孟子只好退而和弟子著书立说，书中那一段段的高谈雄辩，其实是一堆堆的寂寞。

王安石的《孟子》诗说：

沉魄浮魂不可招。遗编一读想风标。
何妨举世嫌迂阔，故有斯人慰寂寥。

大概作者王安石也被同时代的人认作迂阔之士，所以他以孟子自期，聊慰心中寂寥。

完全可以想见，即使孟子活到现在，也一样会被视为迂腐者，因为他说："人皆有不忍人之心。先王有不忍人之心，斯有不忍人之政矣。"这番话说的显然不是事实，在现实生活中，怎么可能人人都有不忍人之心呢？那些斥骂逃票男子死有余辜的人，以及那些虐待儿童的人，他们的表现尽管不同，但无疑都有一颗强大的"忍人之心"。

孟子又说："无恻隐之心，非人也。无羞恶之心，非人也。无辞让之心，非人也。无是非之心，非人也。"若用今天的一些逻辑来看，这话的问题就更大了：别人又没有做违纪犯法的事，你凭什么说人家不是人呢？

然而说到底，不忍人之心也好，恻隐之心也罢，难道不应该是人的必备品质吗？很难想象，无论是个人还是社会，如果缺了这种品质，会变成什么模样。事实上，这种品质也从未在人群中缺席，虐童事件会引起如此大的社会反应，就是因为它触动了人们的不忍人之心。

孟子很寂寞，但也很了不起。在战国，人心比以前更加刻忍，那时候人们的主要议题，是如何在残酷的争斗中胜出，或者是怎样防范别人的加害。然而我们看到，当人心坏了的时候，孟子反而更用力地去讲人性美好的一面，试图让那一点本来就微弱的人性光芒不熄灭，可谓完美诠释了"知其不可而为之”一语，与其说他迂腐，不如说是勇猛。

当人心出现毛病的时候，孟子的思想能不能成为心药?这不重要。重要的是，他的声音绝对比那些杀伐之声更具备关注的价值。

复仇：千古艰难事

《春秋》荣复仇

在龚自珍的《己亥杂诗》里，有这么一首作品：

> 陶潜诗喜说荆轲。想见停云发浩歌。
> 吟到恩仇心事涌，江湖侠骨恐无多。

诗的后面，作者自注说："舟中读陶潜诗三首。"

龚自珍跟陶渊明一样，骨子里其实都是意气激扬的人，所以在读陶诗的时候，勾起了他的重重心事。

人活在世上，哪会没有一些跟别人的龃龉呢？福祸相依，恩仇相生。中国人重视报恩，与此同时也支持复仇。

无论你赞同与否，都难以否认这个事实：复仇，是流淌于中国人血液里的观念。

《春秋》鲁庄公四年，有这么一条内容："纪侯大去其国。"

这简略的一句话里面，有着曲折的故事。

"纪侯大去其国"，说的其实是纪国被齐国灭掉了。春秋时期有很多个小国，它们要么成为大国的附庸，要么被灭掉。譬如楚庄王，就灭掉了萧国。

对于弱肉强食这种事，孔子是不认同的，所以修撰《春秋》的时候，他这样写这个史实："楚子灭萧。"直书其事，彰显楚国之过。

那么，在齐国灭掉纪国这件事上，为何《春秋》的写法不一样呢？《公羊传》解说《春秋》这一条经文："大去者何？灭也。孰灭之？齐灭之。曷为不言齐灭之？为襄公讳也。《春秋》为贤者讳。何贤乎襄公？复仇也。"

原因很简单，齐国灭掉纪国，是为了复仇。灭纪的齐国君主，是齐襄公。不过，齐、纪两国的仇怨，不是在齐襄公的时候结下的。远在周夷王时期，纪国的君主在夷王面前说齐哀公的坏话，导致夷王烹了齐哀公。齐、纪两国，自此结下深仇大恨。尽管如此，在随后的岁月里，两国总体上还是相安无事的。

齐襄公上位之后，开始筹划复仇的事，他决定出兵灭纪。当时的纪国虽然弱小，但齐国正处于实力上升期，还不算特别强大——齐国真正强盛起来，是在齐桓公时期。桓公就是襄公的弟弟。

出兵之前，襄公进行了卜筮。春秋时期，各国行军打仗之前，都会进行卜筮，问一问吉凶。结果齐襄公所得的卜辞是："师丧分焉。"这里的"分"，是"半"的意思。如果卜辞成真，那么齐国这次攻打纪国，可能会丧失一半的兵力。

这自然是一个不理想的结果。襄公告诉卜者："寡人死之，不为不吉也。"意思是，即使他本人死于这场战争当中，也是吉利的，因为他是为了复仇而战。

后来的事情大家都看到了，战事顺利，齐国并未元气大伤。

众所周知，齐襄公是出了名的淫乱君主，其后死在了齐国的内乱当中。不过，对于齐襄公灭纪这件事，《春秋》是非常赞赏的，所以记述这件事的时候，说法是"纪侯大去其国"，而不是有批评色彩的"齐侯灭纪"，意在维护齐襄公。

从齐哀公到齐襄公，已经隔了九世，事情过去那么多年，如今纪国又没有得罪齐国，然而齐国却在这时候复仇，这种做法好吗？

《公羊传》说："今纪无罪，此非怒与？曰：非也。古者有明天子，则纪侯必诛，必无纪者。纪侯之不诛，至今有纪者，犹无明天子也。"也就是说，齐哀公遇害之后，周王朝一直不还齐国一个公道，在这种情况下，齐国可以自己动手，讨回公道。

“九世犹可以复仇乎？虽百世可也！”《公羊传》这样说。

齐襄公灭纪数百年后，中国到了汉朝时期。这是一个经学大盛的朝代，而《春秋》学又是经学的重中之重。《春秋》有三传：《公羊传》《谷梁传》《左氏传》。在汉朝，《公羊传》是《春秋》学的主流，《公羊传》的复仇观，也可以说是《春秋》的复仇观。

西汉初年，匈奴单于致信汉廷，言辞侮辱吕太后。当时汉室尚没有实力和匈奴全面开战，他们选择了隐忍，但是继位的汉朝皇帝，一直记得这件事。

汉武帝太初四年，汉军击破大宛。武帝希望，趁着这股气势，再度重兵出击匈奴，于是下诏书说：“高皇帝遗朕平城之忧，高后时，单于书绝悖逆。昔齐襄公复九世之仇，《春秋》大之。”这里的《春秋》实际上是指《公羊传》。汉武帝说服国人再度发动战争的理由之一，就是复仇。

有仇必复

在古人的理念中，国家可复百世仇，那么人与人之间又当如何呢？答案是：有仇必复。

伍子胥复仇的故事，是我们都知道的历史。司马迁对伍子胥的态度，可以说是满满的敬佩与同情，他在《史记·伍子胥列传》文末说：“怨毒之于人甚矣哉，王者尚不能行之于臣下，况同列乎！向令伍子胥从（伍）奢俱死，何异蝼蚁！弃小义，雪大耻，名垂于后世，悲夫！”

“怨毒之于人甚矣哉”这句话，说的是费无忌谗害同事伍奢，不是说伍子胥。楚平王与伍子胥有君臣之义，但是这又如何？在杀父之仇这种大耻面前，君臣之义完全可以抛弃。

《公羊传》定公四年谈伍子胥复仇的事：“父不受诛，子复仇可也；父受诛，子复仇，推刃之道也。复仇不除害，朋友相卫而不相迿，古之道也。”

这段话有几层意思：

一、如果父亲无罪被杀，那么即使是面对君主，臣子也可以复仇。

二、如果父亲罪当被杀，儿子若为父亲复仇，就会形成循环复仇，这种冤冤相报的推刃之道，为《春秋》所不许。

三、冤有头债有主，复仇的对象应该是仇人本身，不能因为担忧仇人的儿子日后加害于己，而将其子也一举铲除，这就是“复仇不除害”。

四、应该帮助朋友复仇，但不要抢先帮朋友击刺仇人，而是让朋友动手，即“朋友相卫而不相迿”。

这就是《春秋》开出的复仇指南。执行这一系列的标准，自然是很难的，单看“复仇不除害”这一点，就不容易做到——历史上许多人的复仇，都是斩草除根的行动。

在《礼记》里，记载了孔子与弟子的这番对话：

> 子夏问于孔子曰：“居父母之仇如之何？”
>
> 夫子曰：“寝苫枕干，不仕，弗与共天下也。遇诸市朝，不反兵而斗。”

如何对待杀害父母的仇人？孔子说得很清楚：睡在草上、枕着盾牌，日夜不忘复仇之事，不与仇人共仕，路遇仇人，要马上与其搏斗，不要回家拿了兵器才开打——这也意味着，日常行动的时候，要随身携带武器。

子夏还问了如何对待杀害自己兄弟或堂兄弟的仇人。就这些问题，孔子都给出了非常明晰的复仇态度以及具体方法。这些细微之处，体现了复仇心理在当时的正义性。

有人说，“血亲复仇”是儒家的主张。这话并不确切。准确来说，血亲复仇是古代中国人的共识，并不仅仅是儒家这样主张。例如，在本文提到的事例里，复仇者并不都是儒生。

夹缝里的血亲复仇

前面所引古人关于复仇的意见，多是针对受害者一方而言的。若就有司而言，在处理复仇事件（尤其是血亲复仇）的时候，由于影响面会非常广，怎样处理，则是颇费斟酌的一件事了。

据《汉书·游侠列传》载："河平（汉成帝年号）中，王尊为京兆尹，捕击豪侠，杀章（萬章，当时的一个知名游侠）及箭张回（制箭之人名张回）、酒市赵君都、贾子光，皆长安名豪，报仇怨养刺客者也。"

战国时期盛行的任侠风气，余韵激荡于汉代。在西汉，即使是天子脚下的长安城，游侠以名节相激、报仇杀人的事件，也屡屡出现。这成了汉廷的心腹大患，于是就有了京兆尹捕杀豪侠的行动。

原涉是西汉末年的一个大侠，名气很大，二十多岁就做了谷口县的县令。《汉书·游侠列传》说："（原）涉季父为茂陵秦氏所杀，涉居谷口半岁所，自劾去官，欲报仇。谷口豪杰为杀秦氏。亡命岁余，逢赦出。郡国诸豪及长安、五陵诸为气节者皆归慕之。"

原涉的叔父，被茂陵秦氏家族的人杀害——在汉代，名氏前带有"茂陵"二字的家族，都不简单。于是，原涉辞去官职，准备为叔父报仇。由于他太得人心，最终不劳他出手，谷口的豪杰就帮他把仇人杀了。

尽管如此，原涉依然要为此事担责，他逃亡了一年多，碰上了赦免之后才出来公开活动。各地的豪杰之士听说此事之后，更加仰慕原涉了。

东汉的时候，外黄县有一个叫申屠蟠的少年，事亲极孝，知名县中。当时，同县有一个名为缑（gōu）玉的女子，为了报父亲的仇，杀死自己丈夫的一个亲人，随即被捕入狱。县令梁配认为，应该把缑玉判处死刑。

这时候，年仅十五岁的申屠蟠，跑去找到梁配，说："（缑）玉之节义，足以感无耻之孙，激忍辱之子。不遭明时，尚当表旌庐墓，况在清听，而不加哀矜？"

结果是，梁配十分欣赏申屠蟠这番话，马上申请为缑玉减刑。

以上的事情说明，汉朝法律并不鼓励血亲复仇，但也有一定的包容度——要不然，那些报仇杀人的人，就不可能获赦或是继续张扬地生活了。

仇杀或可禁，人情难漠视

东汉时期，在安丘这个地方，一个叫毌丘长的人与母亲行走在闹市中，遇到一个醉汉，醉汉当众侮辱毌丘长的母亲。

毌丘长见状，当场杀了醉汉，然后逃亡到了胶东。很快，安丘官方派人追踪到胶东，抓捕了毌丘长，并知会胶东官方。

胶东侯的相，是一个叫吴祐的人。吴祐找到囚禁中的毌丘长，对他说："子母见辱，人情所耻。然孝子忿必虑难，动不累亲。今若背亲逞怒，白日杀人，赦若非义，刑若不忍，将如之何？"可以看到，面对这个案件，吴祐很为难。

毌丘长说："国家制法，囚身犯之。明府虽加哀矜，恩无所施。"毌丘长坦言，自己犯了法，愿意接受死刑。

吴祐的处置是这样的：得悉毌丘长还没有后代，他派人把毌丘长的妻子抓来，将这对夫妻关押在同一间房里，直到毌丘长妻子怀孕之后，才对毌丘长执行死刑。

这种看似别扭的处理，其实一点也不奇怪。吴祐对毌丘长说的那番话，就已经说得很明白了：对于执政者来说，一方面要防止打开杀戮之门，另一方面又必须尊重人情。

汉章帝的时候，朝廷曾经颁发过一道"轻侮法"。当时发生了这样一件事：一个父亲受到别人的侮辱，其子愤而将辱父者杀死。事情上报汉章帝，章帝特赦了这位杀人者，并且颁布了"轻侮法"，规定从轻处理那些杀死辱亲者的人。

这道法令没有持续多久。到了章帝的下一任，即汉和帝的时候，一个名叫张敏的人，给皇帝上疏，建议废除"轻侮法"。张敏的理由是，"杀人者死，三代通制"，然而"轻侮法"明确宽恕杀人的人，这可能会滋生更多的杀人事件。

汉和帝被说动了，随后废除了“轻侮法”。然而这只是官方律令的一个变动而已，在人们的情感上，未必认同这种废除。

《周礼》说：“凡杀人而义者，不同国，令勿仇，仇之则死。”对于这一条内容，郑玄的注说：“义，宜也。谓父母、兄弟、师长尝辱焉而杀之者，如是为得其宜，虽所杀者人之父兄，不得仇也，使之不同国而已。”

郑玄认为，一个人的父母、兄弟、师长若是受到了侮辱，那么此人可杀死施辱者以报仇，这属于“杀人而义者”，在这种情况下，施辱者的子女兄弟，不得再行报仇之事，政府应把两家人区隔得尽量远一些，比如让他们居住在不同的国里——如果在汉代，就是居于不同的郡县。

近世学者程树德先生在《九朝律考》里说：“司农（郑玄）时以汉法解经，知此法（轻侮法）汉末尚未改也。”（卷一“报仇”）程先生所言，当然是推断的成分比较多。不过，依汉代的士风看来，如果“轻侮法”废除，可能会让人们对复仇者致以更高的敬意。

这种局面，同样也是有司不愿看见的。这种情况一多，就不仅仅是涉事者仇怨不能平复的问题，还可能危及社会稳定。这是因为，仇杀或可禁，但人情难以漠视。只禁仇杀而不顾虑人情的律令，难以让人真正信服。

想象一下，在汉代处理复仇之事，你说难不难？难，但当事人更难。能够处理得让当事人以及社会都信服的人，是真正的有德之士。

千金易得，是非曲直难求

汉武帝时期的大侠郭解，是一个睚眦必报的人，也喜欢替别人杀人报仇。不干这些事情的时候，他就去铸钱、盗墓——汉代的游侠，多是这样的表现。

郭解最后被官府处死了，起因是这样的：有一个人当着郭解门客的面，说郭解作奸犯科，门客就杀了此人，随后，有司把郭解抓了起来，逼他交出门客，然而郭解并不知道凶手是谁，有司也一直不能破案。

当有司准备释放郭解的时候，御史大夫公孙弘知道了这件事，就坚决主张处死郭解，理由是：郭解任侠行权，为琐事而杀人，他不知道有人为自己杀人，罪更甚于他知情。最终，有司以“大逆不道”罪，处死了郭解及其家族成员。

这样一个人，如何处理与自己亲人相关的仇怨？

郭解有一个外甥，恃着郭解的威势，在一个酒席上，强迫一个朋友喝酒。这位朋友非常恼怒，当场把郭解外甥杀了，然后逃得无影无踪。

大侠的外甥被杀，这还得了？可是迟迟不见郭解的动静。郭解姐姐很愤怒，把儿子的尸体丢弃在路边，故意不埋葬，以此来激郭解复仇。郭解派人找到了杀死外甥的凶手，凶手不能继续藏匿，只能硬着头皮来见郭解，向他详细说了杀人的缘由。

郭解知悉事件的具体情况之后，对凶手说："公杀之当，吾儿不直。"这算是定性了，郭解认为，外甥做人不正，死得不冤。其后，郭解宽释了凶手，安葬了外甥。

说起来，郭解外甥只是强迫人喝酒，罪不至死，以郭解的能力，他想杀死凶手，可谓易如反掌，但他没有这样做。这种处理方法是否妥当，姑且不论，但是郭解在复仇之前，尽力弄清事情是非曲直的做法，无疑是复仇者需要做的一门重要功课。

如果是非曲直不明，就行复仇之事，难保事后无悔。动辄喊打喊杀，并不能真正解决仇事。所以我们看到，在《史记》和《汉书》里，那些快意恩仇、杀人不眨眼的游侠，大多是谦逊退让的人，他们不说狠话，不张牙舞爪，这与今天那些在网络上言语激愤的人，可谓相映成趣。

"是非曲直"四个字，说来简单，实际上并不容易弄清楚，所以在文明的社会里，它需要交由法律裁断，而不是强力人物。在这个时候，谁都能说：让法律发挥它应有的作用，还受害者公道，不致私力复仇的行为发生，才是解决之道。然而，谁都知道的一个事实是：法律是人运行的，只要是人做的事情，就不可能完全不出问题。仅凭这一点，旁观者就难以责备复仇者。

若论千古艰难事，复仇必居其一。从古以来，不知多少复仇故事，引发了人们的深重感慨。

交友当交孙威直

在《后汉书》里，有一个名字叫孙威直的人，只出现过一次，属于不折不扣的惊鸿一瞥，却给我留下了极深的印象。

他出现在《后汉书·郭泰传》里，具体情况是这样的：

> 贾淑字子厚，林宗乡人也。虽世有冠冕，而性险害，邑里患之。林宗遭母忧，淑来修吊，既而钜鹿孙威直亦至。威直以林宗贤而受恶人吊，心怪之，不进而去。林宗追而谢之曰："贾子厚诚实凶德，然洗心向善。仲尼不逆互乡，故吾许其进也。"淑闻之，改过自厉，终成善士。乡里有忧患者，淑辄倾身营救，为州闾所称。

"林宗"是郭泰的字。郭泰又名郭太——因为《后汉书》作者范晔的父亲名叫范泰，为避家讳，范晔把"泰"字写成了"太"。郭泰是东汉末期的高士，在天下大乱的前夕，坚持不出任官府授予的职位，以布衣身份讲学，不发表激切的言论，提拔了许多优异的人才。

《后汉书》卷六十八本传的记载说：

> （郭泰）卒于家，时年四十二。四方之士千余人，皆来会葬。同志者乃共刻石立碑，蔡邕为其文，既而谓涿郡卢植曰：“吾为碑铭多矣，皆有惭德，唯郭有道（后人对郭泰的一个别称）无愧色耳。

郭泰死后，蔡邕为他撰写了碑文，然后告诉别人：我平生为别人写了很多碑铭，大部分人是匹配不上那些赞美之语的，唯独郭泰当之无愧。

晚明清初的时期，有一个名叫刘逢源的逸民，写过一首题为《郭泰》的七言绝句：

> 博带雍容七尺身。遨游郡国擅人伦。
> 如何下士惊相慕，只仿先生折角巾。

诗里说的“擅人伦”，是指郭泰擅长品评、推举人才。所谓“折角巾”，是当时一个有趣的现象：有一天，郭泰行走在路上，恰逢下雨，头巾沾湿了，于是他把其中的一角折垫起来。没想到，这个造型被当时的士人纷纷效仿，成了一种风气。

刘逢源的这首诗，讥讽了一些士人只知末节而不识大体。这个批评，既对，又不对。

说对，是因为郭泰身上的重要特质，绝非“折角巾”这个造型，而是气象雍容，身处衰乱之世，既能保全自己，又能推举真正的人才。

说不对，是因为诗里所批评的“下士”，当他们效仿折角巾这个造型的时候，其实更大程度上是表达对郭泰的仰慕之情，而不是学习郭泰的为人。他们之于郭泰，一如今天的“粉丝”之于明星那样，“粉丝”模仿明星的言行、打扮，是世俗景象，不能禁绝，也不必禁绝。如果一概斥绝，其实跟郭泰不与俗相绝的行事风格相悖了。

范滂说郭泰：“隐不违亲，贞不绝俗。”八字得之。当然，重点是隐与贞，没有这些前提，后面的就没有价值。

那些用力称赞郭泰能够免于阉党加害的人，应该忘了郭泰是怎样死的——在听到陈蕃被宦官杀害的消息后，郭泰哀恸而殁。

时代变局里的人，普遍有两种面相，或扬扬自得，或艰难愁苦。这两者，郭泰都没有，而是别出一种深致。他不仅仅是汉代的第一流人物，也不仅仅是乱世中的人格典范。

贾淑这个人，尽管是郭泰的同乡，然而他心性凶险，有恶行，令同乡的人憎恶。这样的人，是怎样和郭泰这种名重天下之士结缘的呢？

原来，贾淑有一次因给舅父报仇而犯事，随后被官府拘捕，按照当时的法律，他将要被处死。贾淑找到了郭泰，对着郭泰痛哭流涕，言辞恳切。其后，郭泰向官方说情，最终救了贾淑一命。

后来，郭泰的母亲去世了，贾淑得知了这个消息，就来到郭家吊唁。这个时候，郭泰的另一个朋友——孙威直，也到了郭家凭吊。孙威直看到贾淑出现在郭泰家里，十分诧异，马上就做了一个决定：放弃吊唁，而且连屋子也不进，扭头就走。

郭泰见状，赶紧追了出去，把孙威直唤住，跟他道歉。郭泰道歉语的大意是这样的：贾淑这个人，确实是凶险之徒，但是他已经洗心向善了；孔子不嫌弃互乡这个地方的人，所以我也赞许贾淑向善的一面。

他所说的“仲尼不逆互乡”，是《论语》里的一个故事：

> 互乡难与言，童子见，门人惑。子曰：“与其进也，不与其退也，唯何甚？人洁己以进，与其洁也，不保其往也。”

“互乡”是地名，这里风俗甚恶，难与言善（一说此地的人言语自专，不达时宜）。有一天，这个地方的童子来拜访孔子，孔子答应了。孔门弟子见此，觉得很疑惑，因为孔子说过："不可与言而与之言，失言。"来自互乡这种地方的人，大概率是言不及义的，夫子为何会与之见面呢？

对于弟子的疑惑，孔子作出了回应。根据孔安国和郑玄的解释，孔子这番话的意思是这样的：

> 教诲之道，与其进，不与其退，怪我见此童子，恶恶一何甚也。（孔安国）
>
> 往，犹去也。人虚己自洁而来，当与之进，亦何能保其去后之行也。（郑玄）

这些注家的表述，意思并不复杂，那就是：孔子认为，互乡童子有向善的愿望，所以自己才见了他，但这并不意味着认同其人以前或往后的言行。

贾淑听说了郭泰跟孙威直说的话之后，内心极为震动，于是更加着力地改过自新，最终成为当地有名的善士，帮助了许多人。

郭泰对贾淑的态度，大概是对的。作为在当时有着巨大影响力的士人，郭泰不能没有这样的器量，而且从事实上看，他处理的效果也相当好：受益者不仅有贾淑，更有那些后来被贾淑帮助过的人。

根据《后汉书》的记载，郭泰提携的人里面，不乏贾淑这种有过恶行的人。在当时，就有人讥讽郭泰"不绝恶人"。

对此，郭泰的解释是：“人而不仁，疾之以甚，乱也。”这依然也是孔子说过的话，意思是对待那些不仁的人，如果一味亮出疾恶的态度，那么很可能就会逼得这些人作乱了。

这个说法是符合历史事实的，不少人就被外界疾视带来的强大压力，逼成了小人甚至是恶徒。可是，历史还常常出现的另一个事实是，有些人的品性极差，他人无法用言行去感化。我们看到，不少行为有瑕的人，后来往往会再犯那些毛病，甚至会变本加厉，伤害那些包容过他们的人。

在这种情况下，若是没有雷霆手段，如何保护善人善行？是以孔子又说：“唯仁者能好人，能恶人。”真正的仁者，必然对人有所喜好、有所厌恶，并且堂堂正正地把这些好恶表现出来。

所以“容人”以及“疾恶”这两个做法，都不能偏取，而是需要一个微妙的平衡，而能够对两者平衡得当的人，无疑就是贤者了。另外，我们也不能忽视了，孔子也好，郭泰也罢，他们的识人之明，都不是常人能企及的。

孔子看人的眼光，自不必多说了。至于郭泰，《后汉书》说他，“其奖拔士人，皆如所鉴”。也就是说，受郭泰帮助的人，即使当时如何不堪，但也是郭泰认为品性很好的人，只要用力改过，是完全可以焕然一新的。后来，那些人的变化，都一一如郭泰所言。单是这一项识人的本领——或者说是天赋，郭泰就冠绝那个时代了。

如果有这样一个人，没有孔子、郭泰那样的看人眼光，又偏取他们对人的兼包并蓄做法、忘记孔门还有疾恶的思想，那么这种做法，很容易就变成了藏污纳垢，这本质上也是作恶，情况严重者，可能重演农夫与蛇的故事。

我们回头再看郭泰与贾淑的这件事。如果就郭泰、孙威直的关系而言，孙威直当时的做法，是没有错的。他认为，像郭泰这样的人，不应该与贾淑这种人相交，然而他分明看见，贾淑来到了郭家吊唁。在这个时候，只要用常人的逻辑一想，自然就会得出这样的结论：若非郭、贾关系很好，贾淑怎会出现在这种场合？

在那一瞬间，孙威直很失望，便头也不回地走了。这个做法，同样也是源于孔子说过的话："乡愿，德之贼也。"乡愿指的就是那些泯灭是非观念、没有善恶标准的人。

郭泰为何能够成为名垂后世的士人？我认为原因之一，就是他的身边有孙威直这样的朋友，正是这些朋友的责望，让郭泰随时自正言行。而郭泰本人也极其看重这样的朋友，并不因为他对自己的要求严格而产生嫌隙——见孙威直不入门而去，郭泰立即追出去道歉并解释。

孙威直成就了郭泰，郭泰也为孙威直的生命增色。这样的友谊，非常令人感动，他们是对方真正的良师益友。交友当交孙威直。在乡愿遍地的今天，这样的朋友，得一个，便是我们极大的福气。

那个时候的人，连失意都说得如此漂亮

王维写过一首题为《送别》的小诗：

下马饮君酒，问君何所之。
君言不得意，归卧南山陲。
但去莫复问，白云无尽时。

诗只有六句，但是余韵悠长，那些不用说出来的东西，都如盐入水般溶在里面了。

“下马饮君酒”，这里的“饮”字要读 yìn，意思是请人喝东西。戴叔伦的《感怀》诗说：“主人饮君酒，劝君弗相违。”这是主人劝客人喝酒的情景，此处的“饮”字，也要读 yìn。

王维这首诗的大意是这样的：诗人在出行的路上，碰到了一位朋友，两人下马交谈，诗人请朋友喝酒，问朋友准

备去哪里，朋友说，最近不得意，准备去终南山隐居了。至于具体在哪些事情上失意、以后有哪些打算，诗人都没有交代。最后那句“白云无尽时”，应该是诗人望着朋友远去的背影而发的感慨。

如果说在这一场交谈当中，朋友其实有向作者透露了未来的计划，我们也不要觉得奇怪。因为实际情况如何，跟诗应该怎么写，不能完全等同。

诗，贵在一个“藏”字，不能说破。王维的这首《送别》，也是能够体现“藏”字诀的上佳诗例。这首诗的句子不能再多，多了就不好了。

喻守真的《唐诗三百首详析》说，《送别》诗里的作者，“有感慨羡慕之意”。这个评语，不太靠得住。在这首诗里，感慨之情是有的，但羡慕就不知从何说起了——从常理上看，一个失意的人，如何能令一个朋友心生羡慕？实在令人费解。

在这一首诗里，可能是一个正在求功名富贵的人，与一个求功名富贵而不得的人的相逢。

王维未必醉心于名利，但绝对不像他那些山水诗所表现的那么旷淡。安史之乱期间，他落入安禄山之手，一度被迫出任伪职，心情很痛苦。乱平之后，唐朝赦免了他，此后的王维，一直官运亨通。如果他真那么希望过上侣青山而友白云的人生，经此世变之后，或许早就挂印了。

不过，这值得非议吗？好像不能。明人胡震亨评价王维：

> 人生一死自难，何敢轻议。虽然，未若李华也。华自伤隳节，力农，甘贫槁，终身征召不起，较摩诘知所处矣。(《唐音癸签》卷二十五)

这是中肯之言，大意是：人生所难，唯在一死，王维出任伪职，是生死所迫，其情可宥，尽管如此，李华在事后的做法，似乎更值得赞赏一些，李华也在安史之乱期间被迫出任伪职，但在乱平之后，他终身不再出任唐朝的官职。

从整个论述看，胡震亨尽管欣赏李华的处理方式，但并未责备王维的选择，堪为仁者之言。

弥漫在《送别》诗里的情绪，与其说是羡慕，毋宁说是对朋友的惋惜。王维望着朋友远去时的眼神，兴许跟胡震亨看着王维时的眼神，都是一样温厚的。

往事已矣。青山白云以及那些忘机的鸥鹭，并没有随着王维那位朋友的脚步远去，这些东西至今还是人们热切向望之境，因为对于人来说，樊笼是无处不在的，王维受困于它，今天能够翱翔天空的我们，也一样被它紧紧笼罩着。

《送别》一诗同样令人感叹的还有，那个时候的人，连失意都说得如此漂亮。什么是诗国？这就是。

其实，如果把眼光延伸出去看，诗词当中让人兴起这种感慨的作品，可谓俯拾皆是。

来看看宋代词人柳永的《玉蝴蝶》：

> 望处雨收云断，凭栏悄悄，目送秋光。晚景萧疏，堪动宋玉悲凉。水风轻、蘋花渐老，月露冷、梧叶飘黄。遣情伤。故人何在，烟水茫茫。　难忘。文期酒会，几孤风月，屡变星霜。海阔山遥，未知何处是潇湘。念双燕、难凭远信，指暮天、空识归航。黯相望。断鸿声里，立尽斜阳。

词的润人之功，丝毫不逊色于诗。

在印象中，柳永的这首《玉蝴蝶》，我是在高中的时候读到的，当时用的不知是什么版本的《宋词三百首》，读一两遍，就把这首词记下来了。

写这首《玉蝴蝶》时的柳永，用今天的话来说，整个人应该很“丧”。这都不需要怎么费神去看笺注了，直接从他用的词语里就能感知得到。

刚开始读这首词的时候，我没有谈过恋爱，也没有开始远游，自然就谈不上有“故人何在，烟水茫茫”之感。

但是即便如此，当时的那位愣头青，还是被词里面的情绪渲染到了，只觉得自己也跟着柳永一样丧。

十多年过去，三十多岁的我再读这首词，却不会与柳永共情了，转而欣赏起里面的美妙文辞来。

是的，尽管这首词很颓丧，但它的语言，真叫一个漂亮。

这让我想起，宋室南渡之后，陈与义写下的《怀天经智老因访之》一诗：

今年二月冻初融。睡起苕溪绿向东。
客子光阴诗卷里，杏花消息雨声中。
西庵禅伯还多病，北栅儒先只固穷。
忽忆轻舟寻二子，纶巾鹤氅试春风。

据说，宋高宗很欣赏这首诗的颔联："客子光阴诗卷里，杏花消息雨声中。"

那时候的南宋，从上到下，都过得憋屈。直至如今，不少人批评宋高宗向金国求和，有偏安的心理。

我倒是觉得，一度被金兵逼得逃到海上避难的宋高宗，未必会打心底里认为自己一定能守得住南方。他最恐惧的，不是朝野对偏安心理的指责，而是金国会再倾全国之兵来犯，彻底灭亡宋朝。

所以，更多人的心情，是惶惶不安的，都是"丧"。

陈与义的"客子光阴诗卷里，杏花消息雨声中"，写的也是烦恼心情，然而却写得那么漂亮，一点也不蹙迫，毫无寒酸之态。

看完之后，无端有了两个感慨：

> 第一，好的文学作品，当如是。
>
> 第二，人，当如是体面。

不过，这“体面”二字，谈何容易。在以互害为乐的人群当中，要求一个人追求体面，无疑是建议一个正在溺水的人：喂，扑腾的时候，水花要少一点。

然而，王维也好，柳永、陈与义也罢，他们在狼奔豕突的生活里，居然求得了体面。

所以，他们有了另一个共同的名字：前贤。

从无赖到大诗人

唐朝诗人韦应物，曾经是一个成色十足的不良少年，后来成功转型为一位正直善良的诗人。这不能不说是一个奇迹。宋人常说的“变化气质”四字，完全可以安放在韦应物身上。

韦应物出身于关中的世家大族，他的曾祖父韦待价做过武则天朝的宰相，至于韦应物，则在少年时就成了唐玄宗的近身侍卫，这自然不是一般人家能谋得到的差事。那段时间的他，有着怎样的人生表现呢？

多年以后，韦应物写下《逢杨开府》一诗，述及那段经历：

> 少事武皇帝，无赖恃恩私。身作里中横，家藏亡命儿。朝持樗蒲局，暮窃东邻姬。司隶不敢捕，立在白玉墀。骊山风雪夜，长杨羽猎时。一字都不识，饮酒肆

顽痴。武皇升仙去，憔悴被人欺。读书事已晚，把笔学题诗。两府始收迹，南宫谬见推。非才果不容，出守抚惸嫠。忽逢杨开府，论旧涕俱垂。坐客何由识，唯有故人知。

诗中的“武皇帝”就是唐玄宗。玄宗屡次为自己加尊号，诸如“开元神武皇帝”“开元圣文神武皇帝”之类的，都带有“神武”二字。从韦应物的这番自述可以看到，当时他完全是一个横行霸道的恶少：游手好闲，酗酒打猎，聚众赌博，结交亡命之徒，调戏妇女……即便如此，有司还不敢拿他治罪。

这样一个无赖，后来居然成了一个“立性高洁，鲜食寡欲，所至焚香扫地而坐”（《国史补》）的人，其诗写得闲淡有深趣，深刻影响后世许多诗人。看着这个转变，意不意外，惊不惊喜？

话说回来，这个唐玄宗身边的少年侍卫，并不掌握实权，气焰就已经如此嚣张，我们不妨想象一下，那些深受玄宗宠信的红人——譬如李林甫、杨国忠、安禄山，该是何等的飞扬跋扈？风气如此，安史之乱的发生就不奇怪了。

那场大动乱改变了大唐的国运，韦应物的命运也随着出现了重大的变化。“武皇升仙去，憔悴被人欺。”简短两句里面含有多少辛酸，我们就不得而知了。这可能还只是委婉的说法，因为安史之乱爆发之后，玄宗就失势了，韦应物被人欺负这种情况，不会晚到玄宗死后才出现。

后人点评《逢杨开府》一诗，认为韦应物写的那些丑事，并不是他自己做的，而是指当时所见的景象。这种曲为先贤维护的说法，其实很无聊。韦应物的一生行事，已经证明这是一个高洁之士，他在诗中自曝那些往事，非但无损其品格，更能说明他胸怀磊落，并不避讳自己不堪的过去。

只有磊落之人，才能变化气质。韦应物后来折节读书，逐渐受人赏识，出任一些官职。“非才果不容，出守抚惸嫠。”（惸音qióng，无兄弟之人。嫠音lí，无丈夫之人）这两句是说：自己并非有才能之人，所以不容于中央，出守地方。这是微辞，韦应物很可能是被同僚排挤出京的。

这首《寄李儋元锡》，作于韦应物的滁州刺史任上：

去年花里逢君别，今日花开已一年。
世事茫茫难自料，春愁黯黯独成眠。
身多疾病思田里，邑有流亡愧俸钱。
闻道欲来相问讯，西楼望月几回圆。

“世事茫茫难自料”，指的是朱泚在长安叛乱称帝的事。政局动荡、民生艰难、自身多病，此刻的诗人，心中有很深的感喟。

“身多疾病思田里，邑有流亡愧俸钱。”多病之人思念故土，然而那边正处于动乱之中；看到地方上有流离失所的人，这位国家公职人员觉得愧对自己的工资。

方回说：“朱文公盛称此诗五、六好，以唐人仕宦多夸美州宅风土，此独谓身多疾病、邑有流亡，贤矣。”韦应物这两句诗，无疑是仁者之言，也让人看见他身上那种“反求诸己”的品格。这些特质，与《逢杨开府》一诗所展现出的率真之气，正好互相辉映。

文人相轻吗

曹丕的《典论·论文》说："文人相轻，自古而然。"他分析了原因："人善于自见，而文非一体，鲜能备善，是以各以所长，相轻所短。"这段话的意思是：文章体裁有很多种，而一个人很难众体兼擅，于是就出现了以己所长轻人所短的情况。

这不免有点动机猜测的意味，不过背后涉及利益争夺的事实，值得一说。其实，"文人相轻"四个字，本质上是经不起推敲的，因为这句话说得好像其他行当的人就不相轻似的。实际上，同行多冤家，古今皆然。在很多领域里，人与人之间绝对不缺少互相轻视的情况。

不过，如果一个成名的人或机构，亲自出面排击同行，终归显得吃相不太好看。我们今天所看到的众多"黑公关"，就是响应了这个巨大需求而生的玩意儿。在文化领域里，或许是大盘的利益要少一些，又或许是干这一行的人都比较节俭，不愿意花钱雇“黑公关”，于是那些山头寨主的门生弟子，往往就承接了排击同行的业务。

无论你承认与否，“争夺”是人的天性之一，因为生存是人的第一要义。抢夺资源、抢占位置，这种事情是不会消失的。所以回过头看，儒家教人在生活中要礼让、谦逊，是何其悲壮的教育理念，因为这些主张，是逆着某种人性而行的。

不过，教育的一个伟大之处，兴许就在这里。其实不仅是儒家，世界各地那些了不起的教育思想，都是对抗某些人性的，比如自私、懒惰、贪婪、争夺、刻忍……

所以说，“文人相轻”这种话，本质上是比较无聊的。如果你把文人换成学者、科学家、明星……话语效果都一样。另外，假如把“文人相轻”这种话挂在嘴边，会容易让我们看不到，历史上还有大量的文人不相轻的情况。

比如杜甫，就不埋汰同行。朱东润先生说杜甫：“杜甫始终没有写过一句轻视李白的诗句，最多只写到‘何时一樽酒，重与细论文’，但是杜甫决不菲薄李白。岂但不菲薄李白，他也很少菲薄任何人。”（《杜甫叙论》第一章）

杜甫的厚道，证明了一些对抗人性的教育是可以成功的，同时也说明了，支撑起“诗圣”这个头衔的，不仅是他的辞章，还有这些具体而微的行为。

值得一说的是，仅凭李白的《戏赠杜甫》一诗：

饭颗山头逢杜甫。顶戴笠子日卓午。
借问别来太瘦生，总为从前作诗苦。

也不能证实李白看轻杜甫，这只不过是诗人之间的一种嘲谑，是善意的，诗题的“戏”字已经做了交代，如果把这四句视为李白对杜诗的意见，无疑是郢书燕说。

说到底，人与人之间相訾还是相誉，都是寻常事。很简单，你看不起人，也得接受被人看不起的命运。所以这里面最重要的，不是“看不上”这种态度，而是看不上的理由是什么，以及论者是否具备看不上的条件。

譬如，当你说别人是混小圈子，你得是个混大圈子里的人，这话才有价值。同理，当你说别人胸襟小，你得是个胸襟大的人。回到诗歌层面，当你说别人的诗水平不行，那么你最好会写诗，并且有一个起码的水准，因为“批评家一动手创作，人家就要把他的拳头塞他的嘴——毋宁说，使他的嘴咬他的手”（钱锺书《宋诗选注》论严羽）

逻辑就是这么简单，但还是会有许多人，对世间的一些评论，给予了过度的重视。宋人严羽的《沧浪诗话》一书，标举盛唐诗，贬抑晚唐诗与宋诗，持论可以说是很高了，但严羽本人写的诗，寡淡无味、技艺粗糙。在这样的情况下，《沧浪诗话》居然成了经典诗论，供养了不少人，你说是不是怪事？

也罢，怪事年年有、代代有。而且，读书人的怪，能算怪吗？

学国学，你“抱残守缺”了吗

何为国学

“国学”这个名堂由来已久，但至今仍然没有清晰的定论。在古代，“国学”一词指国家设立的学校。近代以来，这个词热了起来，且含义发生了变化。这与日本密切相关。

学者龚鹏程先生说：“梁启超他们到日本去以后，却发现在明治维新的同时，产生了另一个运动：国学运动。因为在学西方的同时，日本人就发现不能够只学西方而把自己的传统给丢了，传统中还是有很好的部分。所以这就产生了国学运动与国粹主义。‘国粹’这个词也是日本当时创的。无独有偶，革命党人也在日本活动，也同样注意到了日本这个现象，所以像黄节、章太炎这一批人，一方面向国内介绍，一方面也模仿日本的国学运动，开始提倡我们的国学。”（《新时代的国学》）

章太炎先生认为，国学是一国固有之学，其内容包括：一、中国语言文字制作之原；二、典章制度所以设施之旨趣；三、古来人物事迹之可为法式者。在他的讲授内容中，“国学”涵括了经学、史学、诸子学、文学、小学（音韵、文字、训诂）等方面。

这种界定显得宽泛，后人依此，往往容易出现将古代学说都放进“国学”这个箩筐里的情况。此外，经学是儒学的核心，但章先生曾竭力诋孔反儒，虽然晚年改变主张，然而这也令他所讲授的国学，有了暧昧不清的味道。

柳诒徵先生也曾对“国学”一词发言：“予对国学之界说，必非佛学及洋学，而一般人之小学、音韵、甲骨、性理、辞章等等，皆不过国学之一部分。须从古先圣哲，未受佛学洋学之熏染时讲清，而又包括后来之汉学、宋学，以及今世所言政治、经济、财政、社会、教育等，始可言国学。”（1951年9月19日《柳诒徵劬堂日记抄》）

然而宋学又有受佛学影响的地方，按照柳诒徵先生的定义，佛学不入国学范畴，宋学可入，那么在这一点上，“国学”一词也难以说清。

钱穆先生在《国学概论》的弁言中说：“学术本无国界。‘国学’一名，前既无承，将来亦恐不立。特为一时代的名词。其范围所及，何者应列国学，何者则否，实难判别。”以钱先生大儒之望、治学之勤，犹感“国学”一词太过肤廓，不好讲论。

“学”应讲到实处

国学热在20世纪90年代就曾出现过。现在又成为举国热词，原因众所周知。作为中国人，当然需要知道何为中国传统文化。近百年来，神州大地吹起一股蔑弃传统、以西学为尚之风，其流毒之烈，已被不少有识之士指出。

不过，即便走向这股风气的反面，人人竞言国学，也未必能为中国传统文化增色一分。宋儒郑樵说：“秦人焚书而书存，诸儒穷经而经绝。”这句话道出一个残酷的事实，那就是人而无学，“虽多，亦奚以为”（《论语》）。

现在不少人讲国学，往往大而无当、玄而又玄。要么是左拈一句孔训、右引一句佛偈，就号称融通“儒释道”三教；要么是罗织各种古语，大煲心灵鸡汤；更有甚者，借讲二十四史以宣扬成功学、厚黑学，全然不曾理会古人作史，是通过记录人物往迹，为后人提供鉴戒。

既然号称推行国学，那么这个“学”字就应该讲到实处，不能“六经注我”。有自号“儒家”的学者，力倡尊孔，说孔子有主张平等的思想。这可真是“一粉抵十黑”了。孔子明确说过“唯上智与下愚不移”“朽木不可雕也”，如果他主张平等，那么这些话就完全没有着落。实际上，孔子是主张差等的，他承认人与人之间有高下之别，主张各人根据性之所近来治学修行，平民下学上达，以学问和美德来获取社会地位。

孔门思想，讲究“道尊于势”。经济上的贫富、社会地位的尊卑，只是一时之势，随时都可能变动，可以说是无常的。不过，学问和美德，则属于长远的道，是更可贵的东西。一个出身卑微的平民百姓，只要具备学问和美德，就是高贵之人。古人责备身处高位的人“何德何能”，背后的价值观就是以学问和美德为高。

司马迁《史记》把没有公侯地位的孔子列入世家，唐玄宗写《经邹鲁祭孔子而叹之》一诗赞颂布衣孔子：

夫子何为者，栖栖一代中。
地犹鄹氏邑，宅即鲁王宫。
叹凤嗟身否，伤麟怨道穷。
今看两楹奠，当与梦时同。

都是“道尊于势”精神的切实体现。

至于那些无学无德者，无论贫富还是贵贱，都不会受到孔门称赏。以学问和美德来定人的高下，这是差等精神，这种精神的目的不是维护某个阶层，而是教育人成为士君子。士君子是良政美俗的基石。历史上“无数百年不败之政治，亦无数百年不坏之制度”（钱穆《中国教育制度与教育思想》）。孔子“根据理想的教育来建立理想的政治”（钱穆《中国学术通义》），可谓眼光深邃。

又，近来流行“读经教育”，主事者明确宣称，孩子读经不必求甚解，应趁其在记忆力旺盛之时，让其背诵若干万字经典，成长后自有大用。这种教育模式的好坏且不论，然而施教者在实际操作中使用的“经”，是《论语》《孟子》《老子》《庄子》等典籍，可见即便是教育者本人，也懵然不知“经”是何物。

什么是“经”呢？钱基博先生的《经学通志》说：“经之为言，常也。古之所谓经，乃三代盛时典章法度常所秉守，见于政教行事之实，而非圣人有意作为文字以传后世也。”所谓“经”，是指先王政典，它不是儒家或其他任何一个流派独享的。

《庄子》明确记载《诗》《书》《礼》《乐》《易》《春秋》这六种经。到了汉代，《乐》亡佚了，剩下的五经一直传到今天。如今通行的“十三经”说法，是宋代出现的，后人图方便而袭用下来。然而“十三经”这个分类本身就值得商榷，这一点，前人已经说过很多了。

比如《孟子》是一家之言，属诸子类，却被归入经。此外，古人有经、传之分，《论语》属“传”。《史记·李将军列传》:“传曰:‘其身正，不令而行；其身不正，虽令不从。’其李将军之谓也?”这里的“传”指的是《论语》。汉武帝时置五经博士，不包含《论语》。

今之读经教育,《论语》是“必修课”。对于中国人来说,《论语》的重要性丝毫不亚于五经，但从身份上看，它不是经。读经推广者都知道“必也正名乎”是《论语》里的话，却不能躬行，岂不荒谬?如果在讲授传统文化时不厘清这些概念，往后只会越说越令人糊涂。

此外，还有不少国学教育者使用《笠翁对韵》这种书来教育儿童，会给孩子带来隐患，因为《笠翁对韵》的一些字不符合平水韵，例如“风”字在上平一东,《笠翁对韵》把它排入上平一东和上平二冬,“曛”字在上平十二文,《笠翁对韵》把它排入上平十三元，孩童若是记诵下来，日后写近体诗时就容易出韵——连写首近体诗都不符合格律，以这样的现实来振兴国学，无疑是《荀子》所说的“救经而引其足”，这句话的意思是说，你要救一个上吊的人，却去拉他的脚，这样的功夫做得越多，离目的越远。

你“抱残守缺”了吗

“抱残守缺”在通行的解释中是个贬义词，但对于今日宣扬传统文化的人来说，却是一个褒义词，因为这意味着，在断层多年后，你依然还懂得传统文化中的那些“残”和“缺”——无论你要批评还是赞扬传统文化，都必须先懂得它。

不少学者动辄持西学以贬斥中学，对这种君临天下的自信，我们大可退避三舍。然而在它的对面，又往往是另一种自信：凡是西方的好处，都可以附会到古中国去，甚者认为西方毫不足取，作出一副中西决一死战的姿态来。这两种自信都犯了《庄子》所说的“拘虚”之弊。所谓拘虚，是指像井中之蛙那样的认知。

为中西文明安排一场总决赛并分出胜负，这种惊天动地的事只有两种人能胜任，一种是学贯中西的通人，另一种是妄人。

古贤论学，以通为贵，也以通为难。即就中国传统文化而言，能做到“通”的人，可说是百年不几见。懂考据的未必擅辞章，擅辞章的未必通义理。即使在辞章一门里面，通诗的未必擅词，擅词的未必工文。这些都是极其常见的事情。一个人尚未在一两门学问里积累多年工夫，就侈言“通”，未见其可也。

甚者非但不讲清楚这些“残”与“缺”，还要专事颠覆，比如做戏曲就动辄改戏，写近体诗就鼓吹使用新韵，还美其名曰“创新”，他们及其所批评的崇洋之人，虽然宗尚的文化不同，在妄诞方面却是一致的。

“抱残守缺”的背后，是一种名叫“敬畏”的精神。章太炎先生晚年讲学的时候，告诉弟子说：

> 余常谓学问之道，当以愚自处，不可自以为智，偶有所得，似为智矣，犹须自视若愚。古人谓“既学矣，患其不习也。既习矣，患其不博也。既博矣，患其不精也”，此古人进学之方也。大氐治学之士，当如童蒙，务于所习，熟读背诵，愚三次，智三次，学乃有成。（《章太炎国学讲演录》，中华书局 2013 年 7 月第 1 版，第 36 页）

章先生意气凌厉了一辈子，晚年谆谆诲人要以愚自处，令人深思。

今人热心传统文化，这不是坏事，但在做到传授实学以及懂得“抱残守缺”之前，还是慎言“国学”二字为妙。

（按：本文首发《南方人物周刊》，原标题是“慎言国学”）

看尽林乌反哺儿

长年离乡生活的我，每当想起在老家的母亲之时，就会想到黄庭坚的这首诗：

从师学道鱼千里，盖世成功黍一炊。
日日倚门人不见，看尽林乌反哺儿。

此诗的题目是这样的："王稚川既得官都下，有所盼，未归。予戏作林夫人欸乃歌二章与之。竹枝歌本出三巴，其流在湖湘耳。欸乃，湖南歌也。"

黄庭坚写有《次韵王稚川客舍二首》，宋人任渊注《山谷诗集》的时候，附上了这么一段说明的文字，是黄庭坚自己写的：

王谹稚川元丰初调官京师，寓家鼎州，亲年九十余矣。尝阅贵人家歌舞，醉归，书其旅邸壁间云："雁外无书为客久，蛩边有梦到家多。画堂玉佩萦云响，不及桃源欸乃歌。"余访稚川于邸中而和之。

据黄庭坚的自述，"从师学道鱼千里"一诗，是在这样的情况下产生的：

余复代稚川之妻林夫人寄稚川。时稚川在都下，有所顾盼留连，未归也。

通过以上这些信息，我们可以知道，大致的情况是这样的：王稚川是黄庭坚的朋友，在京城当官，与家人分隔两地，其母已经九十多岁了，然而因为王稚川在京城里有所冀求，导致很长一段时间都没有回家，黄庭坚于是效仿王稚川妻子的口吻，写了两首诗给王稚川。

"从师学道鱼千里"一诗的大意是说：为了事业，你鱼行千里远游他方，并为此流连忘返；然而所谓盖世之功业，许多时候也不过是黄粱一梦而已，你可知道，你的亲人每天倚门盼望着你回家，但所见到的，只是那些辛勤反哺母亲的乌鸦。

乌鸦尚且知道反哺自己的母亲，人呢？

这首诗是在提醒王稚川，要回家看看亲人，尤其是回去看望母亲了。诗题写的是“戏作”，然而内容一点也不“戏”，这是非常严肃的作品。黄庭坚此举，是在尽朋友责善之义。

一念及此，我不由得屈起手指，计算自己一年到头能够回几次老家。所得的数字，当然是令我汗颜的。真是惭愧。

真是好诗。

游艺篇

面前路径须令宽

在中国古典诗歌史上，汉魏古诗是不可忽视的珍品，其价值不逊于如今最负盛名的唐诗。

从气象上说，汉魏古诗显得浑灏，质地坚硬。《古诗十九首》是汉代诗歌的一座高峰，古人誉为“一字千金”，我们来看其中的第十四首：

> 去者日以疏，来者日以亲。出郭门直视，但见丘与坟。古墓犁为田，松柏摧为薪。白杨多悲风，萧萧愁杀人。思还故里闾，欲归道无因。

这种诗自然是极好的，里面涉及的人生大问题（或者说是大难题），到现在还可以让人兴慨。

有人说，汉魏古诗气象恢宏，相比之下，唐宋诗就显得弱了。这种意见比较普遍，与一些学者论文极推秦汉、卑视唐宋的观点，是同一调子。这符合中国人贵远贱近的心理，然而说到底多是刻板的耳食之论。

唐宋诗是一个非常大的概念，它不仅继承发展了汉魏古诗，更是多出了一种近体诗。

杜甫的了不起之处，就在于他能够继往开来。在他那个时代，社会的风气是：诗家重视古体、轻视近体；重视五言，轻视七言。然而杜甫并不如此，他不仅把五言古诗写得登峰造极，又以同样的才力去写近体诗，七律就是在他的手中有了不一样的分量。

在杜甫之后，尤其是到了宋代，诗人们发现，无论是写古体还是近体，都能从杜诗那里找到作法上的借鉴。于是，杜甫的集大成者面目，逐渐明晰了起来。

近体诗是中国人一个极其伟大的创造，其严密的格律要求，目的是最大限度展现汉语之美。也即是说，格律是用来帮助人的，而不是束缚人。今人不察，误以为格律有碍表达，遂鼓吹声韵改革，这恰好说明了诗学的式微。

唐人孟浩然有《与诸子登岘山》一诗：

人事有代谢，往来成古今。
江山留胜迹，我辈复登临。
水落鱼梁浅，天寒梦泽深。
羊公碑尚在，读罢泪沾襟。

这是一首五律，内容跟上引“去者日以疏”一诗有某种相近之处。从气象上说，孟诗何尝逊色于那首汉代诗歌？

所以说，认为近体诗格律导致气息卑弱的说法，难以成立。一个人写的诗弱，是因为其功力不到家，不关格律的事。

事实上，无论汉魏，还是齐梁、唐宋，抑或是清代，都是留有文学令名的时代，其间英才无数，未可遽尔轻易之。用宏大叙事的眼光去进退历代诗歌，没有什么价值。

如果真正写起诗来，我们更会发现，那些古代的二三流诗人，实际上都相当了不起——不信，你在历史上留个诗名看看？

人生如寄，时光宝贵。如果只是就阅读偏好而言，汉魏古诗也好，唐宋诗也罢，人各依其性去涵泳，都没有什么问题。不过，如果是入手学写古典诗歌，就要另当别论了。

一些朋友学诗，步法汉魏，不练近体。这种门径，往好听说是走高古之路，实际上是剑走偏锋。

汉魏古诗的浑灏之气，乃从质直中来，所失也在质直，其开示的法度，不免少了一些。在数量庞大的唐宋诗中，尽管不乏纤弱之作，但它也产生了沉郁的杜诗、深婉的李商隐诗、峭拔的江西诗派，可谓方面广大，法度自然也多元了起来。

在《宋元学案》中，记录了这样一个故事。宋儒邵雍临终的时候，程颐来探访，问邵雍："从此永诀，更有见告乎？"邵雍闻言，举起了两只手。程颐追问："何谓也？"邵雍说："面前路径须令宽。路窄，则自无着身处，况能使人行也？"

邵雍此语，极耐寻味。对于学诗这件事，从唐宋诗入手，是在走一条宽广的路。路径广了，就能给人更多的变化空间。宋代以后的成名诗家，多是宗法唐宋、兼采汉魏。

黄侃就是这样的一位诗家。黄侃，字季刚，湖北蕲春人，生于 1886 年，卒于 1935 年，是章太炎最得意的弟子。不过，今天我们最常看到的，恐怕不是他的学问功夫，而是他那些狂狷不羁的事迹。狂言骂世，是黄侃留给后人的一大印象。

对于自己的学问，黄侃是极其自负的，这是他狂的资本。不过，只要去读一下他的诗集就会发现，黄侃并非目中无人之士。下面这一首诗，是他的七律《何处》：

何处悲笳接暮秋。数杯浊酒引离忧。
飘飘槁叶因风起，澹澹斜阳为客留。
冠盖几人驰四术，江湖无地系扁舟。
逃尧自有当时意，谁向箕山问许由。

这一首诗作于 1913 年，当时黄侃寓居上海，生计困难，而国内的形势动荡，南北紧张对峙。在这一年，章太炎被袁世凯软禁。

清朝是灭亡了，然而人们迎来的是一个丛林中国。对于这种状况，曾经极力鼓吹过革命的黄侃，明显表现出了一种痛感。

“冠盖”即达官贵人，“四术”指的是“诗、书、礼、乐”。所谓“冠盖几人驰四术”，大意是说：时代是变迁了，然而真正掌握权势的人，有几个去兴起文教？

至于“江湖无地系扁舟”一语，则更显沉痛。扁舟即小舟，寓意隐逸自适，然而以江湖之大，居然没有容纳扁舟的地方。艰难的时势，以及蹭蹬的个人命运，在这两句里可谓金石撞鸣。

“逃尧自有当时意，谁向箕山问许由。”这两句用了一个典故：尧想把君王之位让给许由，许由推辞不受，逃到箕山下隐居；尧还是再度找到了许由，希望他能出任九州长，许由听了，认为是污了自己的耳朵，于是跑到颍水滨去洗耳。

许由逃尧一事只是传说，黄侃在诗里说到这个故事，乃是意有所指——如果当时的政治是清明的，许由有必要逃尧吗？

这首《何处》，有自己，有天地众生，深切悯世，是上乘之作，“冠盖几人驰四术，江湖无地系扁舟”两句，放在任何一个时代，都可以是警世名言。

谁说好诗在唐朝就被人做完了呢？我们分明看到，一直到晚清民国，依然有许多好诗出现。其实即便在当下，也是有不少佳作的，只是不幸被贵耳贱目的心理掩盖而已。

在治学方面，黄侃宗仰章太炎，但在写诗这件事上，他的路径与乃师大不相同。章太炎论诗，推举六朝，并不看重唐朝以来的诗。黄侃则不然，在他的诗集里，有大量的近体诗。我们知道，近体诗是兴盛于唐宋两代的体裁。

可以这样说，在诗学观上，章太炎是“法先王”，走高古路线，取法时代更久远的诗人。黄侃是“法后王”，宗法唐宋，也不轻视唐宋以后的诗。

我们来看看黄侃的《癸丑除日》：

> 去国逃虚岁又迁。侧身天地意茫然。
> 何曾精卫真衔石，一任羲和快着鞭。
> 永夜孤灯寻旧梦，明朝万户换新年。
> 清尊且为梅花醉，客里相逢绝可怜。

癸丑年即1913年。这首诗亦是在写苦闷的心情。第二句很容易让人联想到龚自珍的诗句“侧身天地我蹉跎”。

至于第四句，明显有黄仲则的痕迹：“茫茫来日愁如海，寄语羲和快着鞭。”羲和是驾驭太阳前进的神话人物。黄仲则诗句的意思是，在心情愁苦的状态里，时间快点过去吧。黄侃的诗句，亦是表达此意。

有意思的是，黄仲则自认是宋代诗家黄庭坚的后人，而据章太炎的《黄季刚墓志铭》所说，黄侃的远祖也是黄庭坚。

不过，黄侃的诗风并不与黄庭坚相近，而是别具唐人风神，这应该与他喜欢李商隐有关，“流水多情怀旧浦，斜阳无力驻残年”（《写意》），黄侃笔下，颇多这种诗句，蘸满怅惘之思，可谓心情直追李商隐了。

章太炎的诗学观，眼光极其高峻，但路子也显得狭窄。章氏的辞章才华极高，但没有诗名流传后世，恐怕与其取诗高古的宗旨有关。至于黄侃的诗学路径，无疑显得更宽敞一些。

其实，思想上为何要“法后王”，司马迁一早就说了：“以其近己而俗变相类，议卑而易行也。”（《史记·六国年表》）

人之患，在以为天下之美为尽在己。任何高自位置的主张或理念，在本质上都是低端的，因为一旦自以为高，“我”之一字，就会无限扩大，然后便看不见别人，更看不到天地。论诗只推尊唐，抑或是宗法更远古的《诗经》，都会患上看不到天地之病。

对于今人来说，无论是读诗，还是写诗，都需要注意那些与自己时代相近的作品。重视近世诗歌的好处之一是，我们再也不会拾人唾余地去说“唐以后无诗”这种蠢话了。

面前路径须令宽。从宽大处走入，或许不只是学诗可以如此？

最深入人心的唐诗选本

大概十多年前，因为要学写古典诗歌，比对了许多个选本，那时学肤气盛，对《唐诗三百首》选录的诗，觉得不甚满意，认为它选的诗浅。因此每与朋友谈起唐诗，都会推荐自己认为更好的选本，例如沈德潜的《唐诗别裁集》，或者是高步瀛的《唐宋诗举要》。

随着年月的变化，不知不觉间，我的体认逐渐发生了变化，如今我仍然觉得《唐诗别裁集》和《唐宋诗举要》非常好，但对《唐诗三百首》则有了另外的看法——以前觉得它不好的地方仍然在，但并不妨碍它成为我经常向朋友推荐的唐诗选本。

为什么会这样呢？那是因为，我花了许多年才明白了一个不能再简单的道理，那就是我的朋友当中，更多的是不写诗的，他们各有自己专长的领域，平时又很忙，能够有精力读一些诗，已经很难得了。

这时如果推荐一些比较专门的选本给他们，比如《唐宋诗举要》，里面整个语言系统（例如注解、评语），对于不写诗的人来说都是极为陌生的，从这样的版本读进去，无疑会很吃力，恐怕没看几页就搁下，自此灭了对诗的兴趣。如果是那样的话，我无疑就成了诗的罪人了。

最近，一位朋友找到我，说他最近在做一个学诗的课程，请我推荐几个入门的唐诗选本给他的学生看。朋友强调，他的学生是专门收的，非常优秀，家长在传统文化方面的素养也非常高。

我明白朋友的意思，他建议我推荐专门一点的选本。

我没有犹豫，建议朋友说，不妨就用《唐诗三百首》，千万不要去买各种新编的“唐诗 × × 首”，一定要选用清人蘅塘退士的《唐诗三百首》。

原因很简单：那些学生在上了朋友的课程之后，未必会在这条路上继续走下去，所以在这么宝贵的一次机缘里，应该让他们深度接触最经典的唐诗选本，做到了这一点，哪怕他们以后终生不再与诗打交道，但已经对古典诗歌有了最基本的熟悉度，具备了与各阶层人士交流的一个基本条件。

孔子说：“不学《诗》，无以言。”在春秋时期，《诗经》有很强的社交功能，各国使者出访，宾主相见，大家都会说几句《诗经》里的话以明志或助兴。

如今，《诗经》的社交功能，很大一部分被唐诗代替了。

尽管《诗经》的重要性不减当时，六朝诗、宋诗乃至清诗的成就也有不让唐诗之处，但论及与中国人的亲近程度，它们恐怕都不如唐诗。唐诗皇皇五万多首，选本众多，又以蘅塘退士的《唐诗三百首》最为声名显赫。

不可否认，《唐诗三百首》所选录的作品，有一些在诗艺上并不算十分好，以前我写过文章谈过这一现象。不过需要注意的是，入选《唐诗三百首》的作品，每一首都是立得住的，它们体现出了唐诗的多样特征，以及常见的唐人心情。

要做到这一点，不是太容易的事，因为有时候大学者都不免出现偏颇的情况。譬如近代诗学名家陈衍（1856—1937年，福建侯官人），学殖深厚，他的《宋诗精华录》，选诗相当精粹，但也有一个特点，那就是侧重于收录兴趣高妙的作品。

例如，对于王安石的六言诗《题西太一宫壁》：

杨柳鸣蜩绿暗，荷花落日红酣。
三十六陂春水，白头想见江南。

陈衍惊叹此诗“绝代销魂”，是王安石诗集中的压卷之作。这就有点令人费解了，王安石的好诗很多，此诗何以能压卷，说服力还不太够。这种作品固然很好，但既然做一个宋诗的精华录，若是偏向于呈现这种诗风，不得不为一个小憾。

《唐诗三百首》选诗偶有沙石，不如《宋诗精华录》精粹，但也没有《宋诗精华录》的偏颇。流传到今日,《唐诗三百首》已经是最深入人心的唐诗选本。所以对于学习传统文化的朋友来说，去熟悉一下《唐诗三百首》，可能不仅仅是兴趣，同时也是一项基本功了。

这首诗不知所云，为何是一首好诗

杜甫曾经写下这样一首七绝：

> 两个黄鹂鸣翠柳，一行白鹭上青天。
> 窗含西岭千秋雪，门泊东吴万里船。

对于这首千古名作，历来说者芸芸，都想从中读出点什么内容来。流传较广的一个意见认为，此诗一句一景，各自独立，写出了诗人的愉快心情。

清代学者浦起龙不认同这种观点，他在《读杜心解》里说："鹂止鹭飞，何滞与旷之不齐也？今西岭多故，而东吴可游，其亦可远举乎？盖去蜀乃公素志，而安蜀则严公本职也。蜀安则身安，作者有深望焉。上兴下赋，意本一串，注家以四景释之，浅矣。"

浦起龙认为，杜甫写这首诗的时候，正在严武的幕中任职，当时严武再次镇蜀，诗中的黄鹂与白鹭，一静一动，并非闲笔，实有寓意，那时候吐蕃侵扰大唐，蜀中不靖，似乎不能久留了；离开蜀地前往东吴，是杜甫一直想做的事，但安定蜀地则是严武的本职，在这一点上，杜甫对严武不无责望。

诗无达诂，以上的解释，都无不可。不过，浦起龙所说无疑牵强了一些。求之过深，容易有穿凿附会的嫌疑。大体来说，解诗忌字字坐实，除非有两种情况存在：一是作者自述作意，比如白居易的《琵琶行》、李贺的《金铜仙人辞汉歌》等，诗人都很清楚地说明了为什么会写这首诗；二是诗中有相关的提示，这时候题目就成了关键，此外在正文里也会有提示，比如李商隐的《锦瑟》，堪称千古诗谜，但不是不可以解，因为诗人为我们留下了一把钥匙，那就是第二句的"思华年"（这里的"思"字，是"悲"的意思，读sì，义项见《康熙字典》），从这三个字读入《锦瑟》，虽不中，亦不远矣。

宋人洪迈在《容斋随笔》一书里，谈到了"绝句诗不贯穿"这一现象。所谓不贯穿，是指四句之间没有什么关联，杜甫的绝句，屡有这种手笔，比如："迟日江山丽，春风花草香。泥融飞燕子，沙暖睡鸳鸯。"

对于绝句不贯穿的现象，洪迈点到即止，没有过多论说。这种做法，跟清代学者的深入探寻相比，无疑是疏阔的，但其高明之处，就蕴含在那些貌似疏阔的论述空间里，也更有生趣一些。

“两个黄鹂鸣翠柳”的写作方式，究竟是不是杜甫的独创，其实是难以考证的。但因为杜甫在后世的声望日隆，他的诗被更多的人琢磨，也被发明出许多体格来。欧阳修有一首《梦中作》：

夜凉吹笛千山月，路暗迷人百种花。
棋罢不知人换世，酒阑无奈客思家。

洪迈认为，此作是取法杜甫而成的，因为它也是四句如独立王国般的存在，句子之间缺乏意思上的延续。其实，欧阳修并不喜欢杜诗，他的诗风也与杜诗天差地别。

除了不贯穿，杜甫这首绝句还有一个特点，那就是两联都是对仗的，且对得很工整。不仅如此，杜甫的许多绝句，都出现了对仗的情况。我们知道，绝句并没有对仗的要求，所以杜甫的这种做法，又俨然成了一种独特的体格。王安石的绝句，也有不少是对仗的，于是这也被人视为学习杜甫的一个典型案例。其实王安石学杜，并不在这一端，不然他就无法成为一位大诗人了。

绝句又有截句之称，意谓截取律诗的一部分而成。律诗只要求中二联对仗，所以从里面截取任意两句而成的绝句，对不对仗都是正常的，都没有必要成为一惊一乍的事情。

从写法上看，绝句的写作和其他体裁有很大的不同。诗往往是有为而作的，一首诗可以没有题目，但需要有一个完整的意旨。不过，绝句是一个特例，因为它可以意思不完整，甚至可以没有作意，只要你把话说得有趣，就可以成为佳作。

我们来看陈与义的《襄邑道中》：

> 飞花两岸照船红。百里榆堤半日风。
> 卧看满天云不动，不知云与我俱东。

这首绝句，只是记述了诗人在天地间某一瞬间的状态，至于如何解读，则取决于读者之心了。

在古典诗歌领域，那些高喊创新诗体或韵书的声音，往往没有任何效应，因为这是疏于读书写作所造成的陋见，其实只要稍微动笔写一下古风、绝句、律诗等体裁，就能发现各体诗各具特性，互异互补，已经满足了人的各种写作需求。

所以，如果有人问：杜甫的“两个黄鹂鸣翠柳”一诗，究竟说了些什么？答案也可以是：这首诗不知所云，但它是一首好诗。

痛快的诗，不可靠的议论

赤壁大战声震古今，历来是诗家喜欢咏唱的对象，晚唐诗人杜牧的《赤壁》诗，可以说是其中久负盛名的作品：

> 折戟沉沙铁未销。自将磨洗认前朝。
> 东风不与周郎便，铜雀春深锁二乔。

这首诗的大意是这样的：诗人在赤壁遗址找到了一些残旧的兵器，磨洗之后，依稀令人想见当年赤壁大战的景象；如果不是当时刮起了东风，帮助孙吴火烧曹军战船，那么孙吴就可能被曹军击败，二乔就将被深锁于曹操所筑的铜雀台里了。

这里的“二乔”，应该写作“二桥”，她们是桥公的两个女儿，长女嫁给了孙策，小女嫁给了周瑜。《赤壁》一诗写得着实痛快，可是话说回来，历史上的周瑜，真是一个昏庸的人吗？若是没有东风的帮助，他就一定会输给曹操吗？

显然不是的。根据《三国志》的记载，曹军与孙刘联军相遇于赤壁的时候，“曹公军众已有疾病，初一交战，公军败退，引次江北。瑜等在南岸。”可见孙刘联军在面对曹军的时候，绝非待宰之羔羊，而是英勇作战。同时，可能因为水土不服，曹军深受疾病的困扰，战力下降。在这种情况下，即便没有接下来的火烧曹军战船，战局的胜负如何，也是不易遽尔断定的。

在描述周瑜这件事上，《三国演义》已经告诉世人，小说笔墨是值得警惕的；而《赤壁》这一首诗让我们知道，以诗论史有时也是不可靠的。

在当时的孙吴阵营里，人才不独周瑜一人，更可贵的是，他们还有一个尊贤的氛围。《容斋随笔》盛赞孙吴多英杰：“如周瑜、鲁肃、吕蒙、陆逊四人者，真所谓社稷心膂，与国为存亡之臣也。自古将帅，未尝不矜能自贤、疾胜己者，此诸贤则不然。”

据《三国志》注中所引的《江表传》记载，周瑜临死之前，向孙权推荐鲁肃顶替自己的位置：“鲁肃忠烈，临事不苟，可以代瑜。人之将死，其言也善，傥或可采，瑜死不朽矣。”这里的周瑜，与《三国演义》中那个时常妒忌他人的“周瑜”，人格是完全相反的。

鲁肃之后就是吕蒙。吕蒙起初不读书，为鲁肃轻视。在孙权的建议下，吕蒙奋力读书，脱胎换骨。有一次鲁肃与吕蒙相聚，论及时势，被吕蒙的见识所折服，他拊着吕蒙的背说："吾谓大弟但有武略耳，至于今者，学识英博，非复吴下阿蒙。"吕蒙则告诉他："士别三日，即更刮目相待。"

至于吕蒙，后来向孙权举荐了陆逊："陆逊意思深长，才堪负重，观其规虑，终可大任。"这里的"意思"，是心思、思虑之意。

我们看到，从周瑜到陆逊，他们都非常出色地完成了镇边的任务，确保了孙吴的平安。这几个人形成一个良好的接力，而孙权也并不疑心他们结成朋党，都信任他们的推荐，这种见识与格局，也是孙吴得以兴盛的重要因素。

《赤壁》也见于李商隐的诗集。学者考证认为，此诗应为杜牧的手笔。清代学者程梦星说："此诗归之杜牧为是。杜与李各自成家，李沉着，杜豪迈也。"其实如果只是根据两人的作品风格，并不能就如此断定，因为李商隐也写过《贾生》（宣室求贤访逐臣）这样的作品，对汉文帝的评价有失公允，其弊与《赤壁》轻慢周瑜相同。

当然，诗家用典，往往有自己的用意，前人故事只是他们用来浇胸中块垒的酒杯而已。我们也可以说，《赤壁》一诗是杜牧在表达对自己军事才能的自信，以及倾吐这种才能得不到施展的苦闷，与周瑜关系不大。这种说法也通。不过实情是否如此，恐怕只有起杜牧于地下而质之，才能确定了。

无论如何，历史上的周瑜，终究与这首诗里的“周郎”绝然二人。冯集梧《杜樊川诗注》评价《赤壁》说：“诗不当如此论，此直村学究读史见识，岂足与语诗人言近旨远之故乎？”此说严正而不迂腐，最宜附在《赤壁》之后供人合看。

诗的语言，是一种不能完全当真的语言。这个特质，让诗绽放一种独特的魅力，令人着迷的同时，也使人深思。

谁道君王薄贾生

极其擅长七绝写作的李商隐，有一首题为《贾生》的作品：

宣室求贤访逐臣。贾生才调更无伦。

可怜夜半虚前席，不问苍生问鬼神。

这首诗说了汉文帝与贾谊的故事。宣室是汉代的未央前殿正室，此处代指汉文帝。第三句的“虚”是徒劳、枉费的意思，“前”是动词，所谓“前席”，指的是移座向前。

全诗大意是说：汉文帝渴求贤才，于是把放逐到外地的贾谊召回来，两人在宫里深夜聊天，非常尽兴，不知不觉间把座位向前推移，两人靠得更近了，然而在这场谈话中，汉文帝却向贾谊问鬼神而不问苍生。

历来对这首诗叫好者无数。这确实是一篇很动人的文学作品，因为说法新奇，令人过目难忘。在这首诗里，李商隐究竟是以贾谊自比，伤悼自己没有用武之地，还是批评唐朝当权者沉心佛道之事，我们不容易确知。然而可以肯定的是，这是一首有寄托的诗，诗人并非在谈论汉朝之事，而是在说当下。

明明说的是汉文帝时事，为何却与汉朝无关呢？这是因为，诗虽然精警，然而不是平正之论，甚至可能违离了一些历史事实。

实际上，汉文帝对贾谊是非常欣赏的，一度想让他出任公卿。如果我们稍微回顾一下汉文帝的上位过程，就可知道这样一个决定出现在他身上，并不简单。

刘邦死后，汉室大权旁落吕氏家族手中。其后，开国功臣周勃、陈平等人策动政变，诛灭了吕氏家族。乱局平定后，众多功臣聚集起来商议由谁继承大位，最终选定了代王刘恒。刘恒接到通知，马上与手下斟酌——并非讨论如何为当皇帝做准备，而是商议该不该去长安。其间就有很多人劝刘恒称病不去，静观其变。

这时候，一个名叫宋昌的下属出来力排众议，劝刘恒相信周勃、陈平等人。经过几番权衡之后，刘恒仍然犹豫不决，在占卜得到了吉利的反馈，以及派舅舅薄昭前往周勃处刺探虚实，确认京城没有危险之后，他才奔赴长安登基——起程之前，他还派宋昌先行一步，提前到长安观察情况。

汉文帝的上位过程，完全可以用这八个字来形容：战战兢兢，如履薄冰。我们可以想象，当汉初功臣还健在的时候，汉文帝受到的制约会有多大。他想重用的贾谊，只是一个二十多岁的年轻人，虽然有才，但既非功臣之后，又没有军功，在当时的形势下想出任要职，是非常艰难的。

果不其然，周勃、灌婴等开国重臣就反对贾谊上位。汉文帝没有办法，只好将贾谊外派到地方，出任长沙王太傅。一段时间之后，他颇为思念贾谊，于是将他召回宫中夜聊。这就是李商隐《贾生》一诗的背景。

对于这场夜聊，《史记》的记述是这样的："上因感鬼神事，而问鬼神之本。贾生因具道所以然之状。至夜半，文帝前席。即罢，曰：'吾久不见贾生，自以为过之，今不及也。'居顷之，拜贾生为梁怀王太傅。梁怀王，文帝之少子，爱，而好书，故令贾生傅之。"

从《史记》的叙述中可以看出，鬼神可能只是这场谈话的一部分内容，不能确定他们有没有谈苍生之事。另外，从汉文帝自叹不如贾生的语气中也可以推测，他们极有可能是谈论了天下大事的，以致文帝更加佩服贾谊的才华。其后他对贾谊的职务安排，也可以看出将来必对贾谊委以重任。可惜贾谊不够幸运，三十三岁就去世了。

李商隐之后，王安石也写了一首同题诗《贾生》：

一时谋议略施行。谁道君王薄贾生。
爵位自高言尽废，古来何啻万公卿。

王安石不认同汉文帝薄待贾谊的说法，因为贾谊尽管没有得到高位，但他生前发表的治国策略，后来很多都得到了实现；反观那些得到高官要职然而政策不被采用的人，古来可谓数不胜数！

与李商隐的《贾生》相比，王安石的同题诗作无疑更公允，也更扑入历史的深处。尽管李商隐此诗可能是有为而发，不能当史论看待，但就诗本身的说辞而言，它显然对汉文帝太尖刻，没有体恤之情。

沈德潜评价李商隐诗说："义山长于风谕，工于征引，唐人中另开一境。顾其中讥刺太深，往往失之轻薄。"可谓深知李商隐之得失。

乱世智者司空图

司空图是晚唐诗人，中过进士，做过高官，预感到天下必将大乱，遂隐居于中条山王官谷，不再出仕。在乱世当中，这般与世无争的人生选择，是否就能够保证安全了？答案是未必，因为还需要一些应变之智。

当时朱温挟持唐昭宗迁都洛阳，准备篡夺大位。朝中有个大臣叫柳璨，揣摩朱温的意图，献谋除掉那些忠于唐朝的有名望之人，于是诈召这批人出来做官，再顺势将他们一网打尽。司空图就是这批人中的一员。

收到新的职位任命之后，司空图没有推却，动身奔赴洛阳，但假装不能任事，上朝的时候，故意拿不稳手中的朝笏，任它堕落在地，并且表现得说话不得体。柳璨见状，只好把他放还中条山。

唐末天下大乱，社会失序，各地寇盗肆虐。奇怪的是，那些强盗居然都不去侵扰司空图隐居的王官谷，许多人得悉此事，纷纷去王官谷避难。乱世人命，贱如鸡犬，然而司空图不仅能使自己免于祸灾，还保全了一些人的性命。做到这一点，自然是需要大智慧的，观其避开柳璨的加害，就可知一端。此外，司空图自号“耐辱居士”，亦可谓意味深长。

不过，善于应变，只是司空图的表面，在骨子里，他始终不改刚烈的性情。当他知道朱温弑杀唐哀帝的消息后，绝食呕血而死。如此高节，跟他的应世智慧一样，都是罕见的。

苏轼说：“唐末司空图，崎岖兵乱之间，而诗文高雅，犹有承平之遗风。”这句话当系指司空图诗的一个面向而言，笼罩不了全局，因为在司空图的诗集里，有许多因时世而发的沉痛语，譬如《河湟有感》就是此类：

一自萧关起战尘。河湟隔断异乡春。
汉儿尽作胡儿语，却向城头骂汉人。

“河湟”是黄河与湟水之间的地区，安史之乱后，这片地区被吐蕃占领，当地人的服饰、语言皆逐渐胡化。直到唐宣宗的时候，才收复了河湟，然而在这个时候，唐朝也气数将尽了。

《河湟有感》写的是诗人在河湟的见闻，跟许多绝句一样，此诗的精华在最后两句里：“汉儿尽作胡儿语，却向城头骂汉人。”这很荒谬，却是血淋淋的现实。当然了，这首诗所指向的，不仅仅是河湟地区那些胡化的汉家子弟。如果司空图能够在地下看到二十世纪初的中国，那么他一定会为自己当年的深刻洞见而震惊。

司空图隐居时的心情，可能更多是这样的：“永夜疑无日，危时只赖山。旷怀休戚外，孤迹是非间。”（《永夜》）看似很闲淡，休戚、是非都不关心了，然而我们不妨细看第二句：“危时只赖山。”所谓危时，指的是不安宁的时世，赖山即流连山水。这一句是读入此诗关键位置，实足以说明诗人依然深切关注着时世。

我们看他写的七律《重阳山居》：

诗人自古恨难穷，暮节登临且喜同。
四望交亲兵乱后，一川风物笛声中。
菊残深处回幽蝶，陂动晴光下早鸿。
明日更期来此醉，不堪寂寞对衰翁。

这首诗写出了闲适、雅致的状态，同时我们也不难感觉到，一股无边的沉慨，亦浸润在这五十六个字里面。

据《旧唐书·文苑传》记载，司空图脱祸还山之后，为自己盖了一个坟墓，每逢佳节，辄邀请朋友进入坟墓里，一起饮酒赋诗。对于主人的这个邀请，有人面现难色。司空图说：“达人大观，幽显一致，非止暂游此中。公何不广哉！”

这番话的大意是，人在天地间，也只是暂游而已，因此何必太在意这个地方是什么呢。

或许，对于这样一个乱世里的智者，人们停留的眼光还是少了一些。

奇人林逋

林逋是北宋的奇人。年轻的时候，他曾放游江淮一带，其后隐居杭州孤山，梅妻鹤子，二十年不踏足城市，卒年六十一岁，一生不娶、不仕。

隐居生活是怎样的呢？根据《梦溪笔谈》的记载，林逋常常泛舟外出，家中养了两只鹤，若是来了客人，他家的童子就先招呼客人坐下，然后开笼放鹤，林逋见到鹤，就掉船返家，会见客人。

林逋曾经这样说自己："逋世间事皆能之，唯不能担粪与着棋。"意思是说，除了挑粪和下棋，世间的事情他都能做。他把下棋与挑粪相提并论，相当有意思。为何如此？大概是因为下棋涉及算计对手吧。

对于林逋的这句话，或许还有另一个角度看，那就是他其实是一个大格局之人。林逋自己不求仕进，一生清寂，但他鼓励后生去求仕，侄子考取了功名，他表现得非常开心。

这种情况，绝不能说明林逋表里不一，而是说明他明白，自己所走的路并不是人人都行得通的，所以并不以身示范。这是对后生有一种负责任的态度。换了某些人，或许早就甩出一套套的情怀或理想，收罗一大群信众以壮声威，然后从中猎取利益了。

林逋的人生表现并不突出，却在生前身后都有非常大的影响。东汉隐士严光的名气也很大，但严光是汉光武帝的同学，并且有过拒绝光武帝邀请这一壮举，林逋与之相比，显得平淡许多——用现在的话说，应该是没啥"新闻点"。

然而这样一个略显平淡的人，却红了，你说奇不奇？在北宋，宋真宗曾经为林逋赐号"和靖处士"。此外，范仲淹、梅尧臣、欧阳修、苏轼这些名家，都留下了赞誉林逋的文字。欧阳修说："自逋之卒，湖山寂寥，未有继者。"如此称誉，不可谓不高了。

林逋能受到那么多有识之士的赏爱，或许秘诀之一就在于诗，这是一个安放他内心思想的最佳容器。

他擅诗，曾写下"疏影横斜水清浅，暗香浮动月黄昏"的咏梅诗句，为百世传诵，学诗的人几乎没有没听过这两句的。不过，如果我们稍微读一下《山园小梅二首》（其一）全诗：

众芳摇落独暄妍。占尽风情向小园。

疏影横斜水清浅，暗香浮动月黄昏。
霜禽欲下先偷眼，粉蝶如知合断魂。
幸有微吟可相狎，不须檀板共金尊。

不难发现，这是典型的有句无篇之作，除了第二联，其他句子都乏善可陈。即便是第二联，也是从五代时期江为的诗句“竹影横斜水清浅，桂香浮动月黄昏”化用而来的，林逋仅仅改动了两个字，然而这种做法，也未免太打家劫舍了。

相比而言，林逋这首《自作寿堂因书一绝以志之》，无疑比咏梅诗更加值得称道一些：

湖上青山对结庐。坟前修竹亦萧疏。
茂陵他日求遗稿，犹喜曾无封禅书。

林逋在世的时候，就为自己修好了坟墓，然后题写了这首七绝。诗的前两句，写的是坟墓周围之景。“茂陵他日求遗稿，犹喜曾无封禅书”，茂陵指的是汉武帝，这两句用了一个典故：汉武帝欣赏司马相如的文才，得知相如病重，便派使者到其家中索要文章，使者到了之后，司马相如已死，其家人奉上了一篇遗稿，内容为歌颂汉武功德、劝汉武封禅。

泰山封禅是古代君王一个极其重大的典礼，一般是在太平盛世、皇帝建立过宏大功业的情况下才举行的。林逋这两句另有所指，那就是宋真宗的泰山封禅。宋真宗的功业，实在不能算宏伟，却做了耗费巨大的封禅之事。

林逋这首诗，充满自傲之意：我辞世之后，若是皇帝派人来我家寻找遗稿，我很高兴自己没有写过劝皇帝封禅的文章。

这寥寥数语的背后，其实是宋代士人的主色。司马光说："吾无过人，但平生所为，未尝有不可对人言者。"（《宋元学案》）一个做过宰相、久经浮沉的人，所自傲的是这些内容，实堪注目。司马光此语，可与林逋这首诗声气相通。

从人生痕迹来看，林逋出世，司马光入世，看似很不同，然而精神内核是一致的。正如黄庭坚的诗句所说："出处虽不同，风味乃相似。"宋朝的独特魅力，于此可窥一斑。

未得陇，先望蜀

听说，中国人享有免费东西的时间已经太久，知识付费的时代应该要到来了。

知识付费是不是一种趋势，我不知道，但这种事情对于写字的人来说，无疑是一个好消息。我对世界的认知告诉我：要想得到好东西，必须付出相应的代价。

然而又听说，在知识付费这种事情的背后，居然会在读者中出现“知识焦虑症”这种东西，这实在令我惊讶：什么时候，我们对知识如此渴求过？

假如我们的求知欲真有如此强烈，这个世界上就不会假货横行了。举个简单的例子，传统文化领域里的那些“大师”，已经被多少人指出他们的著作有多少箩筐的错谬，仍然不妨碍他们的出场价高涨以及作品畅销。

完全可以设想的一件事情是，即便一个并不具备相关专业水平的读者，只需要在网上多方检索，比对一下那些评论文章以及“大师”本人的作品，自然就能分辨出“大师”的真伪来。但是，又有多少人会去做这件事呢？

说白了，我们并没有那么苛求真知。那么，所谓的知识焦虑症又是从哪里来的呢？

发病的原因有很多，其中一个产生流程是这样的：一些极其聪明的人，通过不断重复甚至是冒犯读者的方式（是的，看他们的语言形态，似乎都读过《乌合之众》），去告诉世间的人：“你们都有成功的可能。”煽动起一群人希冀成功的欲望后，又不忘提醒这群人说：“你得时刻为自己的学习加码，不要做失败者”。

不得不承认，这个心理把握得非常好，好处就在于紧紧抓住了人的贪欲，然后乘势而为。古人形容一个人贪心，常用的说法有“得陇望蜀”，今人比古人厉害，未得陇，先望蜀。

为什么这样说呢？有成功，自然就有失败，这是人所共知的真相。在这个世界上，有不少的人并不具备成功的条件，这也是事实。然而我们看到，有人连一家机构里的螺丝钉工作都还没做好，却也有了知识焦虑症。

比如，在写字这个行当里，一些工作多年的人士，正常的缀文能力都成问题，更夸张者连“的、得、地”都分不清，不是说他们没有成功的可能，但此时他们最应该做的，无疑是回炉学好中学语文，而不是去购买那些教人如何成为写作高手的“知识”。

发达的互联网让我们容易产生一种错觉，那就是我们在听取了一些中介性质的陈述之后，就可以打破各门类知识间的壁垒。事实上，我们可能只是用望远镜看到各领域里的轮廓而已，要想知道这些领域是怎样的一种情况，需要沉潜进去学，这也意味着需要付出相当多的时间与汗水。

可以说，焦虑于获取各门类的知识，本质上是一种贪欲，这种表现，一不能在知识上真正疗饥，二也未免太不尊重前人所付出的努力。

王安石的《题张司业诗》这样说：

> 苏州司业诗名老，乐府皆言妙入神。
> 看似寻常最奇崛，成如容易却艰辛。

张司业即唐朝诗人张籍。王安石这首作品之所以能够传世，大概是因为它说出了一个普遍事实：在很多领域，“成如容易却艰辛”是常态。

一个人的征途可以是星辰大海，但此人须是一艘经得起风浪的巨轮，如果只是一叶扁舟，那么麻烦先去成长为巨轮。若是在成为巨轮之前，整天对着星辰大海流口水，这大概就是非分之想了吧。

听说，商机就潜藏在那些被鼓噪起的非分之想里面？无解。

王令的“大火煮滚”

在钱锺书先生的小说《围城》第三章里，董斜川说了这样一番话：“我常说唐以后的大诗人可以把地理名词来包括，叫‘陵谷山原’。三陵：杜少陵，王广陵——知道这个人么？——梅宛陵。二谷：李昌谷，黄山谷。四山：李义山，王半山，陈后山，元遗山。可是只有一原，陈散原。”

董斜川所说的这些诗人，我们其实并不陌生：杜甫（号少陵野老），梅尧臣（宣城人，宣城古称宛陵），李贺（家居昌谷），黄庭坚（号山谷老人），李商隐（字义山），王安石（号半山老人），陈师道（号后山居士），元好问（号遗山），陈三立（号散原）。

至于王广陵，就不是那么为人熟知了。钱锺书先生想必是考虑到这个情况，所以在书里安排董斜川说出这么一句：“知道这个人么？”

这个人就是北宋的王令，字逢原，广陵（今扬州）人，是以世称王广陵。王令是王安石的挚友，有意用世，但不肯走科举路辙以遂志，不幸短命，27岁就去世了。王安石很悲痛，写了不少诗悼念他，非常感人，从“行藏已许终身共，生死那知半路分”“陈迹可怜随手尽，欲欢无复似当时”这些句子里，可见两人相得之状。

这首《暑旱苦热》，是王令的代表作：

清风无力屠得热，落日着翅飞上山。
人固已惧江海竭，天岂不惜河汉干。
昆仑之高有积雪，蓬莱之远常遗寒。
不能手提天下往，何忍身去游其间。

诗写的是夏天之酷热，开头两句“清风无力屠得热，落日着翅飞上山”，令人耳目一新，尤其一个“屠”字，简直有点令人侧目。至于后面的“手提天下”表述，也让人咋舌。

不过，此诗整体上的述意并不特别：倘若不能使天下脱离火热之中，即使我能够前往凉快之地，也是没有什么意义的。在诗里说这些话，无疑显得头巾气重了些，是不讨喜的做法。

在《宋诗选注》里，钱锺书先生这样评价王令的诗：“他受韩愈、孟郊、卢仝的影响很深，词句跟李觏的一样创辟，而口气愈加雄壮，仿佛能够昂头天外，把地球当皮球踢着似的，大概是宋代里气概最阔大的诗人了。运用语言不免粗暴，而且词句尽管奇特，意思却往往在那时候都要认为陈腐，这是他的毛病。”

钱锺书先生这番话，确实击中了王令诗的要害。事实上，王令在诗歌上的影响，难以与杜甫、李商隐、王安石等人并肩。董斜川之言，不过是小说人物的率尔之论罢了。

不过，一个人身上的缺点，往往与其优点是同一样东西。王令的诗，其特具价值之处——或者说对后学的一大启示——恰恰就在气概阔大、语言粗暴这些毛病上。

朱子有一个关于读书方法的论述：“骤进二字，最下得好，须是如此。若进得些子，或进或退，若存若亡，不济事。如用兵相杀，争得些儿小可一二十里地，也不济事。须大杀一番，方是善胜。为学之要，亦是如此。”

这个说法相当有意思。朱子并不赞同那种从容的读书方法，而是主张：“譬之煎药，须是以大火煮滚，然后以慢火养之。”

王令写诗，口气雄壮、语言生硬，迥异于他人的做派。这种路径有一个好处，那就是避免堕入雕琢华辞这个小天地里。不以寻常的诗人自期，王令是在开拓自己的规模。

这是不是与朱子所提倡的“大杀一番”“大火煮滚”思想，有某种程度的相似性？

任何一个领域发展到一定程度，在有其成绩的同时，必然也有许多成法。许多人陷溺于各种成法里不得出，这或许是才力使然。有一部分人，则不甘心以己徇物，能在继承成法的时候，不在里面逗留太久，甚至会挑战一些成法，不经意间或能辟出一个新局面。唐诗的辉煌，以及宋诗的有成，都有赖于这一类人的贡献。

从人生表现来看，王令无疑是这种“想做出点什么”的人。可惜他去世得早，只展现出了“大火煮滚”，还没做到“慢火养之”，如果他活到王安石那个年纪，当会在文学上有非常特别的表现。

离数据越近，离情性越远

2017 年秋天，北京某著名小学的学生与老师、家长通力合作，做出了一份“大数据分析苏轼”的研究报告，一时刷遍了微信朋友圈，不少平时绝不转发诗歌内容的朋友，也不忘转出并赞叹一番。

这件事说明，将近一千年过去了，“苏轼”依然是一个能够引发大流量的词。除了这一点，这个研究就很难说能够带给我们什么了。

为什么这样说呢？当我们着眼于古典诗歌的时候，有必要回顾一下诗的本质。

汉代学者翼奉说：“诗之为学，情性而已。”诗主情性，这是历代诗人公认的一项精神。我们看到，宋诗里夹杂了大量的议论，就已经被古人（包括了宋人）严肃诟病，批评者认为，议论入诗这种做法偏离了情性。

不过，如果他们看到今天的研究者用各种数据去分析古诗文，也许就不会对宋诗有那么苛刻的评价了。宋人议论入诗，未必会冲淡情性，但今人把古诗文摁在各种数据分析里，功夫做得愈细密，恐怕就距离情性愈远。

比如，我们细看那份报告里的论述，许多都显得很“隔”。统计者发现，“归来”是苏轼诗中的一个高频词，并且在苏轼每次被贬谪结束之后，诗中“归来”的出现次数就会有所增加。

对此，报告给出的结论是：“苏轼这些‘归来’诗，与他跌宕起伏的一生似乎存在着联系，他一直满怀忧国之情，总能将这些归去归来的经历，化作美好的文学意境。”

这种说法没有什么错，但没有道出“归”的意味。

在古诗文里，“归来”“归去”等词，除非有所确指，其落脚点往往在一个“归”字上面，即诗人渴求过上这样一种人生：卸去俗务之累，达到自适其适的逍遥状态——用今天的话来说，就是各方面都自由了，可以安心去做自己喜欢的事。

陶渊明的《归去来兮辞》，就是在述说这种人生向望。诸如此类的文学作品，可谓不胜枚举。杜甫写诗说李白：“匡山读书处，头白好归来。”苏轼的《送郑户曹》诗说：“他年君倦游，白首赋归来。”说的都是这个意思。

在《行香子》这首词里，苏轼就说得更加直接了：“浮名浮利，虚苦劳神……几时归去，作个闲人。对一张琴，一壶酒，一溪云。”

千载而下，在各种写字楼里上班的我们读到这样的感慨，依然会有所触动。

在南宋，朱子屡次辞官而不获批准，曾经写下这样的诗句：“不为明时堪眷恋，久知歧路不如归。”他把出仕这件事比作“歧路”，心情可想而知了。不错，古人固然因为仕途不顺而心情郁闷，并为此写下许多杰作，但他们也没有我们以为的那么喜欢做官。

在骨子里，人都是不希望受羁绊的，但现实世界对人又有着各种掣肘，于是就有了“归”的渴望。诗词文章，是承载这种渴望的上佳容器。

数据统计还发现，在苏轼的诗词中，“子由”二字出现的次数最多。这被研究者作为一个“额外的发现”来论述，最后得出的结论是：“我们发现了原来苏轼和他的弟弟子由之间手足情深。”

好吧，这自然是一个无可反驳的正确结论。不过，那些辛苦统计数据的计算机见此，会不会有屈才的感觉，就不得而知了。

值得追问的是，这样的数据分析，能在多大程度上说明人的情感？比如，古人有一种不成文的写作习惯：越是重大的情感，越不会轻易写出来。在苏轼的诗集里，就很少出现他父亲苏洵的影子。

不仅苏轼如此，在历代诗人的作品里，述说父母的都不多。在这些重要的区域里，数据如何说上话？

研读文学作品，数据确实给了我们很多便利，至少它为那些不具备创作能力的研究者，提供了广阔的论述空间。从这一点上说，数据简直就是济世良药。

但对于读者来说，在阅读各种数据分析之前，有必要带上这种可能性：我们离数据越近，离情性就越远。因为许多的大数据分析，并不具备帮助我们了解作者的功用。

要想深入了解作者，最靠谱的做法，当然还是老老实实、一首一首地去读他们的作品。

宋诗的价值，往后只会越来越大

AI时代，机器人能否作诗？答案是肯定的。作诗机这种玩意，其实一早就有了。IBM开发出一款作诗神器“偶得”，在这个系统里，键入“中秋”两字，只需一秒钟，即可得到一首七言绝句：

中秋虽暖不堪愁。出处如何却得留。
欲向山前卜岩谷，应无多病上扬州。

再试着键入“夜凉”二字，便得一首七绝：

夜凉诗兴到云端。尽日忧心记席寒。
应似东山好天地，万株只在此中看。

细看这些文字，不难发现，机器还很“笨”，比如“如何却得留”“应无多病”这些表述，在文法上是不通的；另外，一些需要讲究的地方，还没有体现出来，譬如在第二首里，首句有了“凉”字，次句依然用“寒”字作韵脚，未免重复。

值得一提的是，两首诗的平仄，都符合近体诗的格律。写近体诗必须合律，这本来是题中应有之义，不过，鉴于不少古典诗歌的专业研究者不认识入声字的现实，机器的这个能力，至少是值得点赞的。

一点也不用怀疑，机器的作诗功能，一定会越来越强大，以上所说的瑕疵，将会逐步得到改进。机器下围棋，不也是曾经远远不如人类吗？现在情况如何，大家都看到了。所以在不远的未来，机器作诗或能达到这种程度：将它们的作品放入古人的集子里，不但可以乱真，甚至还可以比那些三四流的诗人写得好。

写诗不是竞技比赛，固然不必在人类与机器之间分出一个胜负来，但在这样的趋势下，人类必须思考一个问题，那就是如何写出与机器不同的作品来。试想想，如果某一类型的诗，机器能够写得很好，人类还有必要在这方面用力吗？

从目前机器所作诗的风格看，是接近唐调的。唐调是一种艺术样式，乃唐诗在整体上呈现出来的风神。我们看蘅塘退士的《唐诗三百首》，把其中的七绝部分从头至尾诵读一遍，就能感知到何为唐调：里面的诗作，普遍含有“风、云、日、月、江、山、雨、花、草、天”等字眼。借景语来助兴，这是唐诗的一大特点。

唐代诗人许浑的七律名作《咸阳城西楼晚眺》，是非常典型的唐调：

一上高城万里愁。蒹葭杨柳似汀洲。
溪云初起日沉阁，山雨欲来风满楼。
鸟下绿芜秦苑夕，蝉鸣黄叶汉宫秋。
行人莫问当年事，故国东来渭水流。

在这首诗里，天上、地下那些适宜入诗的景象，都收罗进去了。然而这些景语，可以说在唐代就已经是超负荷运转了，如果词汇也能拿到加班费，那么它们一定是汉字里面最富有的那个阶层。

宋人或许有感于此，于是在写诗的时候，用力进行了许多不同的艺术尝试。我们看黄庭坚《跋子瞻和陶诗》一诗，不但没有景语，连情语也没有，然而何尝减轻半分他对苏轼的深情？

即便使用常见的景语，宋人的玩法也有所不同，黄庭坚的《过平舆怀李子先时在并州》，是其代表作之一：

前日幽人佐吏曹。我行堤草认青袍。

心随汝水春波动，兴与并门夜月高。
世上岂无千里马，人中难得九方皋。
酒船鱼网归来是，花落故溪深一篙。

诗的背景并不复杂：黄庭坚路经平舆这个地方，怀念起了在并州的同乡朋友李子先，于是写下了这首诗。在此诗里面，有“水、春、月、花”等唐人常用的字眼，但它与上引的许浑诗并不同，许诗显得支离，黄诗则很浑成，这是唐调和宋格的差异之一。

在许浑那首诗里，我们可将“溪云初起日沉阁，山雨欲来风满楼”单独割出来欣赏，甚至可以说，许诗最精华之处就在这两句，他句可以不论。至于黄庭坚这首诗，“世上岂无千里马，人中难得九方皋”是流水对，固不能割裂来看，其他句子也是如此，单独拎出来赏会的价值都不大，必须粘在一起乃有意义。

在写诗这件事上，机器可以写出唐调，但距离写出宋格还很远，这或许不仅仅是技术问题，因为浑成的诗，必待作者有完整的诗学素养而后成。从机器不易写出宋格这一点来看，宋诗的价值，往后只会越来越大。

江山之助

每到法定长假的时候，都可以在微博或者微信朋友圈里，看到各大景点出现人山人海的状况。

以前碰到这种情况，我都非常想不明白：游客在出发之前，肯定知道假期的景区就是这副模样，为何还要主动来受苦?

直至今日，我自己依然不喜欢在假期里去逛景点，但总算觉得能够理解这些旅客了。他们并不是傻瓜，在这种自愿吃苦的行为背后，有一个符合人性的地方，那就是：年纪越大，越要亲近山水。

那些汹涌的游客，表面上是逛景点，本质上是在亲近山水。

宋人黄庭坚在江西泰和县做知县的时候，写了一首七律《登快阁》：

痴儿了却公家事，快阁东西倚晚晴。
落木千山天远大，澄江一道月分明。
朱弦已为佳人绝，青眼聊因美酒横。
万里归船弄长笛，此心吾与白鸥盟。

这首诗的大意是：诗人处理完烦琐的公务之后，在傍晚时分登上了快阁这个地方，只见千山飘舞着的落叶，把天空衬得更为远大，江水清澈，明亮的月光铺在水面上。

这时候的作者，想到了现状：身边没有知音（佳人），所以自己也像失去了钟子期的伯牙一样，不再弹琴了，转而把心思放在了美酒上；什么时候能够结束这些俗务，我必驾船吹笛归去，与那些无拘无束的白鸥为伴。

最后一句的“白鸥盟”，用了这样一个典故：据《列子》记载，海边有一个男子，很招白鸥的喜欢，每到海上，白鸥都会停在他身上不愿离去；男子的父亲知道了，就对他说：鸥鸟那么信任你，不如改天抓几只给我玩。男子答应了。结果第二天来到海上，白鸥就不再亲近他了。

黄庭坚说自己与白鸥结盟，意思是：我希望与那些没有机心的人为伴。这其实就是诗人对所处的现实世界发言了。

“落木千山天远大，澄江一道月分明”一联，被历代的文人雅士击节称赏。这两句写得极其神清气爽，令人即便在斗室之中读了，也只觉眼前的景象，都跟着诗人的笔锋变得广阔。

毫无疑问，如果黄庭坚下班之后做的事情不是登山临水，而是去打麻将，也就不会有这首传诵千古的作品。

亲近山水，当然不是诗人的专利。说到山水，我往往会联想到一个人来：钱穆先生。

钱先生有一个爱好，那就是远足。他每到一个地方，都会约上一些同伴，仔细地寻幽探胜一番。在 1930—1950 年这段时期，钱先生飘转华北、云南、四川、江南、香港等地，然而即使在很艰难的情况下，他也不改登山临水之乐。

回顾钱穆先生的一生，且不看他写下的等身著作，仅看他的人生行程以及做过的事情，就可发现他的精力之旺盛，实在是到了惊人的程度。他后来在香港办新亚书院，是在五十多岁的年纪开始创业，个中辛劳，外人往往难以想象，没有极其出色的体魄，是做不成这种事情的。

人随着年纪的增长、世事的消磨，精力必然是一个逐渐衰减的过程。命运是经常这样捉弄人的：少年的时候，总觉得自己身体能飞得起来，每天都充满了力气，但不知道该往什么地方发力，因为分辨好坏的能力并不高；到了中年，终于知道世间一些东西的优劣了，却没有了精力去抓取那些好东西。

长期受胃病困扰的钱穆先生，何以能做到拥有旺盛的精力？除了他在生活上的自律，我想跟他喜欢登山临水这个习惯，是有密切关系的。

江山之助，向来为古人所重视。黄仲则生长于江南，曾经去游京师，离家之前，他写诗说："自嫌诗少幽燕气，故作冰天跃马行。"（《将之京师杂别》）幽燕是今天河北北部及辽宁一带。黄仲则意识到，自己的诗——或许不如说是生命，缺少了一种刚健雄壮的"幽燕气"，所以他这一番远游，一是为了寻找生活上的出路，二是要开拓自己的格局。

山水收藏了日月的精华，它除了能够广人胸襟，还能给人活泼生机。人年纪增大，精力衰退，就意味着生机开始减弱，这时候更要亲近山水，以弥补损耗。

好东西不值钱，不是现在才有的事

在商品浪潮里，人们遇到什么事情，似乎都喜欢谈一下产品思维：产品是什么、卖给谁、怎么卖、对标产品如何……他们说，在市场里，就是这么刺刀见红，卖不了好价钱的东西，不会被人留恋。

于是就出现了一个从常理上说有点不可思议的现象：好东西不值钱，不那么好的东西反而可以大卖——这种现象，是产品售卖者经常拿来提醒人们的。

一个常见的例子就是，各领域的经典著作，在正常的状况下不会出现销售火爆的情况，但是关于这些著作的提要文字或声音——人们把它称为“产品”——往往会在市场上热卖。

这看上去有点荒谬。原著与提要相比起来，毫无疑问是原著更重要一些。提要做得再好，也属于辅助阅读原著的东西。比如四库提要，这当然是很重要的文献，但它再重要，也难以具备超过原著的价值。

何况，只看提要不看原著，就容易对提要里的错漏照单全收。比如说，无论四库全书如何受人诟病，四库馆臣的学问功底还是很扎实的，即使从最起码的工作态度上说，他们也不敢太过懈怠，毕竟这套书是编给当权者看的。然而我们读余嘉锡先生的《四库提要辨证》就能发现，四库馆臣做的提要，有时会错得很离谱。

如果你对古人说，四库全书不如四库提要值钱，那么不会有多少人理你。但在今天，这种情况就不新鲜了。为何会这样呢？或许是因为，在一些人心中，原著不是产品，提要是产品，人们消化了这些产品之后，会觉得自己没有错过了那些经典著作。

你要是说，这不能算真正的读书行为。他们会两手一摊、双肩一耸，大义凛然地告诉你：如果不是那些介绍原著的产品，我可能连原著说过什么内容都没有精力去了解。

这个世界的一个真相是：真正的读书人，不需要倚重那些辅助阅读的东西；那些不读书的人，永远不会去细读经典原著。

有价值的东西不值钱、价值低的东西反而热卖，这个现象用古人的诗句来说，就是“周鼎不酬康瓠价”，这句诗出自黄庭坚的《过方城寻七叔祖旧题》：

壮气南山若可排。今为野马与尘埃。
清谈落笔一万字，白眼举觞三百杯。
周鼎不酬康瓠价，豫章元是栋梁材。
眷然挥涕方城路，冠盖当年向此来。

方城即今天河南省南阳市的方城县。黄庭坚的七叔祖黄注，做过南阳主簿。黄注很有才气与抱负，但一生不得志，郁郁而终。

有一年，黄庭坚来到南阳，到访黄注生前的题字处，写下了这一首诗。

“壮气南山若可排”写黄注生前的豪气纵横。“今为野马与尘埃”典出《庄子》：“野马也，尘埃也，生物之以息相吹也。”此诗开篇说，黄注的豪气如今都化为尘埃了。

“清谈落笔一万字，白眼举觞三百杯。”上句写黄注才华横溢、咳唾成珠。下句典出杜甫诗句“宗之潇洒美少年，举觞白眼望青天，皎如玉树临风前”，极写黄注的俊逸不凡。

“周鼎不酬康瓠价，豫章元是栋梁材。”上句典出贾谊的《吊屈原赋》：“斡弃周鼎兮宝康瓠。”意思是说，周代传国的宝鼎，居然不如那些破瓦壶值钱。豫章即樟木，古人认为是栋梁之材。这两句痛惜黄注的怀才不遇。

“眷然挥涕方城路，冠盖当年向此来。”结句是这样的一个画面：在方城，黄庭坚流泪缅怀黄注这位长辈，依稀想见黄注当年在这里的盛名，当地士人的车驾纷纷向他所在的地方开来……

好的东西不值钱，就跟有才华的人不能实现抱负一样，都属于“周鼎不酬康瓠价”。这种现象在哪个时代都不新鲜，因为人和物一样，都有各自的时与命。不过无论如何，此事总归是一种遗憾，如果把它视为理所当然，那兴许是心理出了毛病。

朴拙之美

一些学书法的朋友，喜欢征引傅青主的这几句话："宁拙毋巧，宁丑毋媚，宁支离毋轻滑，宁真率毋安排。"这些美学理念，其实在宋代就已经开了先声。陈师道《后山诗话》说："宁拙毋巧、宁朴毋华、宁粗毋弱、宁僻毋俗，诗文皆然。"傅青主的表述略异于陈师道，但内在的思想是一致的。

陈师道向曾巩学文章，从黄庭坚学诗。他与黄庭坚都受过苏轼的接引，两人也非常佩服、景仰苏轼这位前辈，其中黄庭坚诗还与苏诗齐名，世称"苏黄"。宋代的苏、黄，相当于唐代的李、杜，黄庭坚可不仅仅是历史上的著名"书法家"，更是一位大诗人。

然而黄庭坚、陈师道的诗，与苏轼的诗有着非常不同的风味。苏诗的语句，大体流动、俊朗，至于黄、陈，则喜欢在诗句中掺入一些"沙石"，以营造一种朴拙之美。在这方面，陈师道可谓做到了极致，且看他的五律《宿齐河》：

烛暗人初寂，寒生夜向深。
潜鱼聚沙窟，坠鸟滑霜林。
稍作他方计，初回万里心。
还家只有梦，更着晓寒侵。

这首诗写的是诗人客游他方时的各种复杂感受。前四句极写寒冷、凄寂的异乡景象，人置身于其间，漂泊感愈发深重，其中“潜鱼聚沙窟，坠鸟滑霜林”两句，真可谓千锤百炼：鱼游在下，鸟飞在上，一“聚”一“滑”，虽然写的是凄清之景，却能撞起读者的无边兴致。

第三联的“稍”与“初”，也是非常精警，意谓作者刚刚做好了客游他方的心理准备，然而在这样的晚上，心情却不由自主地飞越万里回到家乡。壮志刚起，又不复存在了。

结尾两句似乎是说：即使诗人不再抱有四方之志，但是无奈的现实，导致归家的心愿只能在梦中实现，然而如此梦魂，却又被晓寒弄醒……

这首五律所写的景象与心情，都十分普通，然而全诗没有一个闲字，其取胜之处，就在这些质朴的叙述中，潜藏着百转千回的思绪变化，处处令人停留，极其耐读，是宋诗中的珍品。

陈师道的这种诗，是一种独特的朴拙之美。其实在唐代，韩愈就做过这种艺术尝试，他故意把诗写得难读一些、奇怪一些，但这种做法未能成为当时的潮流——在唐代，韩愈的诗名不高，远远不能与他的文名相配，到了晚唐，韩愈这种做法也没有嗣音。

一直到了宋代，这种思想才得到了发扬，黄、陈诗风耸动天下，乃成“江西诗派”，笼罩南宋，至今仍在润泽着写诗的人。从这一点上看，宋朝真是一个了不起的时代，它既出现了苏诗这种英俊至极的艺术，同时很快又有了黄庭坚、陈师道诗所导引的朴拙之美。

不过，我们也应该看到，黄、陈并不是在韩愈的基础上做加法，而是做了减法。韩愈的一些诗，是真的非常难读，不仅在声律上拗口，还用力地塞了不少生僻字。黄、陈则并没有在这方面太用力，他们有些诗句固然不算好读，然而总体上是意脉通畅的。且看陈师道的七绝《即事》：

> 老觉山林可避人。正须麋鹿与同群。
> 却嫌鸟语犹多事，强管阴晴报客闻。

如此诗句，俊逸之处何尝逊色于苏轼？

宋代以来，写诗学黄庭坚、陈师道的人很多，有人从朴拙上着手，这固然不失为一个独到的眼光，但用力过猛，把诗句写得极其拗口、艰涩，不知这并非陈师道用意所在。弄巧固然容易成拙，但弄拙在本质上何尝不是在求巧？求巧之心作祟，往往把作品弄成了真拙，得不偿失。

所以说，从来没有一种美学思想，能够供人一劳永逸地解决写作问题，因为在实际的挥毫动作中，是“运用之妙，存乎一心”。

最懂厨师的食客

元好问是金国遗民，他与陈与义的情况有些相似：陈与义经历了金兵破宋的巨变，元好问则看着蒙古兵攻灭金国，两人都痛感生民流离，留下了追步杜甫的诗篇。此外，他们在今日也都有词作为世人熟知。

陈与义的是《临江仙》：

忆昔午桥桥上饮，坐中多是豪英。长沟流月去无声。杏花疏影里，吹笛到天明。　　二十余年如一梦，此身虽在堪惊。闲登小阁看新晴。古今多少事，渔唱起三更。

明人杨慎也有一首《临江仙》，被今人用来做电视剧《三国演义》的主题曲：

滚滚长江东逝水，浪花淘尽英雄。是非成败转头空。青山依旧在，几度夕阳红。　　白发渔樵江渚上，惯看秋月春风。一壶浊酒喜相逢。古今多少事，都付笑谈中。

杨慎这首词，在水平上远逊于陈与义这首，因为杨作都是一些漂亮的大话，看上去很有气魄，实际上是靠憋气硬鼓出来的，里面没有什么内容；至于陈作，则流丽而有深致，极其耐嚼。

元好问有《摸鱼儿》：

乙丑岁赴试并州，道逢捕雁者云："今旦获一雁，杀之矣。其脱网者悲鸣不能去，竟自投于地而死。"予因买得之，葬之汾水之上，累石为识，号曰"雁丘"。时同行者多为赋诗，予亦有《雁丘辞》，旧所作无宫商，今改定之——

问人间（一作"问世间"，不合格律）、情是何物，直教生死相许。天南地北双飞客，老翅几回寒暑。欢乐趣。离别苦。是中更有痴儿女。君应有语。渺万里层云，千山暮景，只影为谁去。　　横汾路。寂寞当年箫鼓。荒烟依旧平楚。招魂楚些何嗟及，山鬼自啼风雨。天也妒。未信与、莺儿燕子俱黄土。千秋万古。为留待骚人，狂歌痛饮，来访雁丘处。

这首《摸鱼儿》，也同样感人至深。

其实，和陈与义一样，元好问的诗比词好。他写有《论诗三十首》组诗，其中一首这样说：

> 眼处心生句自神。暗中摸索总非真。
> 画图临出秦川景，亲到长安有几人。

强调在写作中须有真情真景，“画图临出秦川景，亲到长安有几人”，是说作品不能蹈袭他人。

这听起来卑之无甚高论，但所指向的是文学作品中的“失真”病，历史上有不少人曾犯下这种病。比如宋朝有一个人写诗给上司，诉说了自己的苦况，诗里有两句是“舍弟江南殁，家兄塞北亡”。上司看后感慨说：想不到你家这么惨。此人听后忙解释说，其实没有这回事，这样写只是为了对仗工整罢了。

像“家兄塞北亡”这种事例，是比较极端的失真情况。但存在于古今诗歌中的大量套语，却是很常见而又不容易被察觉的失真。例如不少人写诗，赠别一定要写柳，而不管所在之处有没有柳；又如“百年”一定要与“万里”对仗，美其名曰这是学杜甫；再如，一个在生活中滴酒不沾的人，也可以豪气万丈地在诗中痛饮……

诗写到这个份上，可谓千人一面，生气全无，令人憎厌。难怪顾炎武会说，“诗不必人人皆作”。

写论诗绝句组诗的时候，元好问二十八岁。从诗艺方面看，这组诗算不上是佳作，但对后世影响深远。究其原因，或许一来作者对文学源流了然在胸，又有自己的甘苦之言；二来他在诗中展现出来的蓬勃生气，令诗有了它该有的模样。当然，最根本的原因，还是元好问本人的诗写得好。

元好问的佳作很多，比如这首《秋怀》：

凉叶萧萧散雨声。虚堂淅淅掩霜清。
黄华自与西风约，白发先从远客生。
吟似候虫秋更苦，梦和寒鹊夜频惊。
何时石岭关头路，一望家山眼暂明。

这首七律是元好问二十九岁时所作，当时金国危如累卵，他在嵩山怀想沦陷中的故乡忻州。此诗笔力沉郁，即便置入安史之乱后的杜甫作品中，也不会为之减分。

在对文学作品进行评论之前，需不需要论者具备良好的创作水平？这个问题不新鲜。食客在评价厨师的手艺时，似乎是不需要自身也懂得做菜的。事实上，在古典诗文这一领域里并非如此——评论者懂得创作，并非什么值得骄傲的事，而只是一个必备的基本条件。

也就是说，在古典文学领域内，一个好食客，未必需要同时是一个好厨师，但至少应该具备做菜的能力。不会做菜，将不利于品鉴食物。

譬如，一个平素不创作的人，就很难知道四声在表达上的妙用。我们来看看这首《满江红》：

> 怒发冲冠，凭栏处、潇潇雨歇。抬望眼、仰天长啸，壮怀激烈。三十功名尘与土，八千里路云和月。莫等闲、白了少年头，空悲切。　靖康耻，犹未雪。臣子恨，何时灭。驾长车踏破，贺兰山缺。壮志饥餐胡虏肉，笑谈渴饮匈奴血。待从头、收拾旧山河，朝天阙。

这首词是需要押入声韵的，但是在韵脚的入声字外，还有大量的入声字，这些都是作者有意安排的。我们只需要用保留有入声字的方言一读，就能感知到作品里面有一种极其强烈的爆破感，足见作者心中的悲愤。这是惨淡经营得来的艺术效果，然而若是我们不懂四声，就很容易错过这一佳处。

宋朝之后，诗话多如牛毛，充斥着大量陈陈相因的内容——譬如对杜诗的意见，就有不少是跟在宋人后面起哄的——真正有价值的声音则很少。而在真正有价值的那部分论述中，水平最高的往往是诗人论诗，比如杜甫的《戏为六绝句》、元好问的《论诗三十首》，至今耐人寻绎——最懂厨师的食客，往往自身就是做菜出色的人。

当然了，无论我们是怎样的一种食客，都应该时常记起《荀子》里的这句话："善为《诗》者不说，善为《易》者不占。"

在论诗绝句系列的最后一首里，元好问这样写道：

撼树蜉蝣自觉狂。书生技痒爱论量。
老来留得诗千首，却被何人校短长。

把这首小诗与《荀子》的话对照着看，更觉余韵悠扬。在评论古人诗文的时候，说与不说、要说多少，当真是一个大问题。

所谓“油腻”，并没有关注的价值

作为中年男人这个群体中的一员，我时常感觉被社会“关怀”。君不见，有一段时间里，人们流行说“保温杯”与“枸杞”，后来又增添了“油腻”一说，都是针对中年人而发的词语。

所谓油腻，其实就是欲望的表现之一。欲望本身，是一个不需要回避的东西。《礼记》说：“饮食男女，人之大欲存焉。”试问谁不喜欢美食，谁不钟情于俊男靓女？这些都属于与生俱来、不学而能的内容。

欲望不可耻，然而如何表达欲望、满足欲望的行为边界在哪里，里头就有不少学问了。也就是说，要能真正“控油”，需要做不少修身的功夫，不是看几篇攻略、规避一下中年男人那些普遍被诟病的表现，就能做到的。

荀子认为，人生而性恶，因为每个人都有利己的欲望，在满足欲望的过程中，人与人之间容易出现相斫的情况。为之奈何？那就需要用礼义来管理人的行为，使人有辞让之心，举止有度，人群自然安定。

学习礼义的一个重要途径，就是读书。宋儒尊奉孟子，贬斥荀子，但是宋人黄庭坚说，“士大夫三日不读书，则理义不交于胸中，便觉面貌可憎，语言无味。”这个说法的前提，便是默认了人性里天然就有许多不好的东西，需要通过读书来洗涤。

这个观点，本质上跟荀子的性恶论没有什么不同，我们如果赞同黄庭坚的说法，就无法反对荀子的性恶论。

但是问题在于，若是过于强调礼义，对欲望采取遏制的态度，就容易导向枯寂的人生，最终的效果可能适得其反，礼义崩坏，人心无归，欲望更加泛滥。

好在，我们有诗。

诗者何为？《文心雕龙》说："诗者，持也，持人情性。"这里的“持”，是把持的意思。诗这种东西，既能表现人的情性，又能使情性归于平和中正的状态。

南宋时期，大臣胡铨上书朝廷请斩秦桧，引发朝野震动，就连金国人也重金求购他这篇文章。事件的结果是，秦桧当然没有被斩，而胡铨迎来了人生中的黑暗时期——也可以说是光辉时刻——他一路被贬官，一度在海南待了近十年，尝尽了生活的艰辛。

好在胡铨身体硬朗，在有生之年还是等到了北归的任命，在回程的一个住处里，酒后的他题了这两句诗："君恩许归此一醉，傍有梨颊生微涡。"这两句说的是胡铨落难的那些年里，一直陪伴在他身边的女子黎倩。

关于黎倩的身份，历来众说纷纭，一说是妓女，一说是有夫之妇，总之是胡铨不太名正言顺的伴侣。因了胡铨的这个故事，"梨涡"一词不仅指代酒窝、美女，更增添了一股不可名状的意味。

后来，朱子到访胡铨题诗的地方，写下七绝《宿梅溪胡氏客馆观壁间题诗自警》：

> 十年湖海一身轻。归对梨涡却有情。
> 世路无如人欲险，几人到此误平生。

没错，这里的"人欲"，就是"存天理，灭人欲"里的"人欲"。

朱子这是在批评胡铨，尽管他在标题里用了"自警"两个字，好像不是针对胡铨而是自己发言，但不要忘了我们有"见不贤而内自省"的古训，要不是朱子认为胡铨和黎倩的这件事情不好，怎么会自警？所以他其实是在感叹，欲望实在是一个凶险的东西，你看连胡铨这么杰出的人，也溺于其中。

从事理上看，朱子这个批评不免有点苛刻。胡铨在如此艰难而漫长的生活里，黎倩可能就是他惟一的慰藉，不应责以严格的礼义。不过，朱子此诗妙就妙在，它尽管意在批评胡铨，却不会给读者一种咄咄逼人、不留余地的感觉，甚至还呈现出作者的一些可爱来。

这是因为，一种情绪或意见，一旦以诗的形式表达出来，就经历了一个含蓄化的过程。这个过程，是对人发生约束作用的一种机制，本质上也属于礼。

也就是说，胡铨并不“油腻”，朱子也并不冬烘。所谓“油腻”，其实并没有关注的价值。一个人要是不读书、不知礼，无论男女老少，都会在不经意的时候展现出应有的“油腻”。

靠不住的门墙

明清两代的诗坛，未必比得上唐宋两代繁荣，然而论及热闹程度，恐怕比唐宋两代远远过之。

在明清，各种诗学流派或主张，可谓层出不穷。翻开文学史的明清段，我们就可以看到：前后七子、公安派、竟陵派、秀水派、神韵说、格调说、性灵说、肌理说……令人耳鸣目眩，这种局面，幸福了古代文学专业的学者，却苦了中文系的学生。

在唐宋时期，尽管也有不同诗学观间的争鸣，但不会像明清两朝这样，出现这么多的激烈争吵，吵得起劲的，非要把那些不合己意的文学流派，批驳得一无是处才罢休。

清人洪亮吉曾经写过《道中无事偶作论诗截句二十首》：

晚宗北宋幼初唐。不及词名独擅场。
辛苦谢家双燕子，一生何事傍门墙。

根据作者自注，这首诗说的是朱彝尊。

朱彝尊是明末清初的著名诗人、学者，他写过一首《桂殿秋》词：

思往事，渡江干。青蛾低映越山看。共眠一舸听秋雨，小簟轻衾各自寒。

这首词所关涉的对象，疑似朱彝尊的妻妹。朱彝尊年轻的时候，恋上了自己的妻妹，为对方写下了不少诗词，此事世所周知。朱彝尊晚年自定集子，坚决不删那些作品，可以说是名士派头十足了。不过，这首《桂殿秋》写得真是好啊，尤其是最后那句“小簟轻衾各自寒”，已经越出了词里的本事，写透了人生常见的那股荒凉味。

洪亮吉认为，朱彝尊的诗，可没有他的词那么好。为什么呢？原来，朱彝尊宗奉唐诗，在平常的言论中，对宋诗多有摈斥之语，然而他自己年老时写的诗，又与宋人的调子相近，这就是“晚宗北宋幼初唐”一语的由来。

朱彝尊是否一直以唐诗为依归，以及晚年是否改而宗奉宋诗，后人都有许多争议，这里就不说了。不过，洪亮吉的这句感慨“一生何事傍门墙”，则是值得我们留意的。

文学作品随着时间推进而不断累积，在这种情况下，后人在选读、写作的时候，不可能没有宗主，于是文学流派随之产生。人们站队哪一个流派，也可以说是性情使然。有流派，自然不免有争议，然而如果观点主张太严峻，像朱彝尊推举唐诗、贬抑宋诗这般做法，就不免招惹依傍门墙之讥了。

门墙有古今之分。古之门墙，有汉魏古诗、唐宋诗（唐宋诗内又可以分盛唐、晚唐、江西诗派等）等。今之门墙，则有各方久负盛名的名家巨公，在这些人的门下，必然是附集者众，这也是人之常情。

无论古今门墙，自然都是人们为自己加分的一种东西。然而说到底，门墙这东西，靠不靠得住呢？答案是显然的：靠不住。君不见，明清各诗学流派的首脑人物及其门生，有几个人的诗作是传世的？相反，诗名高扬至今的黄仲则、龚自珍，又属于哪一个流派？

《人物志》说："夫人初甚难知，而士无众寡，皆自以为知人。故以己观人，则以为可知也。观人之察人，则以为不识也。夫何哉？是故能识同体之善，而或失异量之美。"这番议论是说识人之难，因为人有一种毛病："能识同体之善，而或失异量之美。"

看取文学作品的时候，不也一样如此吗？一个事实是，我们容易欣赏与自己性情相近的文字，而对于那些不近己性的文字，能够做到阙而不论，就已经相当难得了——要知道，更多的情况是倚门对骂，尽管细究其实就会发现，他们所争的内容往往与大是大非无关。

对于这些争论，有人觉得无聊，有人则是窃喜。君不见，多少人靠研究这些东西吃饭呢。世间的多元，怎么不令人惊叹。

慎用“情商低”的说法评论人

汪中，字容甫，生于扬州，是清代乾隆年间的著名学者，在经学、子学以及文学等领域的成就都很高。他与著名诗人黄仲则是好友。两人的性情很接近，都非常狷介、自负，容易与人不和，为此吃了许多苦头，但终生不变高傲之性。不同的是，黄仲则几乎把毕生精力都放在写诗之事上，而汪中在三十岁后就不怎么写诗了，把更多精力放在了做学问上。

当然，这并未妨碍汪中在辞章方面的成就。汪中所长在文章，尤其是骈文，写得那叫一个漂亮。他是学六朝文有得的，无论是写自己的身世（《经旧苑吊马守真文》），还是写他人的命运（《哀盐船文》），都真气摇荡，动人心魄。

可以说，汪中的文章，丝毫不逊色于《文选》所收录的经典之作。他的骈文，非独是清代一流，即便放在整个古代文学史上看，也是顶尖的。每读汪中笔下的优美文辞，为之惊叹的同时又惊觉到，近百年来，人们喜欢编写文学史，然而常常采用一些极其粗线条的叙述，这种做法，实在是遮掩太多珠玉了。

与骈文相比，汪中的诗稍显逊色。题材狭窄是弊病之一。这跟汪中的身世密切相关。汪中幼年丧父，由母亲拉扯大，家境相当贫寒。早年的他有志于科举，在应举人群中的呼声也很高，然而很不幸，他在两次重要的科场考试中都不顺利。

这种遭遇，有他自身性情狷介、得罪了主事者的原因。自此之后，汪中断绝了仕进的念头，飘转各方，寄食于地方要员门下，充当幕僚、书记官这种角色。晚年主持文宗阁《四库全书》校勘，生活稍微好转一些，但很快就去世了。

长期过着寄人篱下的生活，对于汪中来说无疑是痛苦的。所以在诗文里，他很喜欢悲慨自己的身世，以致诗中经常出现“逐食”“乞食”“穷饿”之类的语言，令人难以卒读。这种笔调，固然很真，但也着实是太重、太大了，这类作品是不必多、也不能多的。一旦多了，就稀释了沉挚之情，反而不好了。以杜甫这样的身世，有一首《登高》(风急天高猿啸哀)就够了。从这一方面看，汪中三十岁后不怎么写诗，未必是一件坏事。

下面这一首《嘉树》，是现存的汪中诗集里面，比较罕见的英挺之作：

嘉树挺秀色，深心交沍阴。
朔风一以至，琤琤传远音。
岂畏岁时晚，幽独委空林。
但恐春华发，无复霜雪心。

沍（hù）阴，是天气阴晦、积冻不开的意思。琤琤（chēng）是象声词，形容清脆的声音。幽独，指的是寂静独处。这首诗写的是一种树木，在不好的形势（寒冬）下，反而更具美感，这使得诗人担忧春天到来后，树木还是否继续保留美质。

这种写作技巧，当然并不新鲜：写树木只是诗的表面，骨子里是在写人。所谓嘉树，实际上是诗人对自己的生命期许。这首英挺的诗，在汪中的诗集里显得独特，但能说明汪中生命质地的文字，恰是此作，而非那些多愁善感之言。

洪亮吉是汪中的好朋友，他在《又书三友人遗事》（收录于《更生斋文甲集卷四》）一文中，记载了汪中的一些人生表现，其中有一件事是这样的——

汪中肄业于安定书院，每一任山长来到书院的时候，他都会带着经史方面的难题来到书院，当面向山长请教，如果山长不能回答，汪中就哈哈大笑而出。当时有名望的人如沈志祖、蒋士铨，都曾遭遇过这种窘况，其中沈志祖更是在受到刁难之后数日而卒，由此当时的人都呼汪中为“狂生”。

又有一次，汪中和洪亮吉骑在书院门口的石狮上谈论学问，恰逢一位身穿华贵衣服的商人，坐着肩舆来书院拜访山长。这时候，有一位肄业生从书院走出，碰上了刚刚走下肩舆的商人，连忙上前毕恭毕敬地行礼："昨天和前天，我都到了您府上请安，不知您是否知道这件事？"商人神情倨傲，微微颔首，并不开口应答。

汪中看在眼里，极其气愤，从石狮上爬下来，潜行至商人身后，举手用力拍打商人的后颈。商人吃惊回望，汪中厉声喝道："你认识我吗？"商人懵住了，说："不认识。"汪中说："认识刚才向你行礼的那位先生吗？"商人答："也不认识。"汪中告诉商人："我是汪先生，刚刚那位是某先生，以后见面你能够认识我们了吗？"商人点头："能认识了。"

汪中见状，当即向商人下了逐客令："既然能够认识了，那你就赶紧走吧，别搞乱了我的事情。"商人又是大吃了一惊，然而并不清楚汪中的底细，估计自己对汪中无可奈何，于是垂头丧气而去。

这种事情，已经将利益甚至是个人的安危置之度外，只有真正的狂人才做得出来。

汪中是孤芳自赏之人吗？事实上绝非如此。他狂言骂世，不大看得起人，这没错，但另一方面，他对那些真正有才学的人，譬如钱大昕、王念孙、段玉裁，都是推崇备至的，可见"谦己乐善"（阮元语）的品性。

对于唐人韦应物的诗“身多疾病思田里，邑有流亡愧俸钱”，汪中说：“诗人不可无此胸次。”这句话，可与汪中那些悲天悯人的作品合看，足显仁心。

简而言之，汪中狂，不是因为目中无人，而是由于他不肯与平庸妥协，哪怕是虚与委蛇之事，都不屑为之。黄侃写有《吊汪容甫文》一文，里面这样评论汪中的身世：“斯由时命之艰难，未可责以廉贞之节也。”

黄侃的意思是说，汪中坎坷的身世，是由时命所造成的，不能完全归咎于他棱角鲜明。这真是仁者之言，所谓“仁者爱人”是也。黄侃此言对于今人的意义是：请慎用“情商低”这种说法去评价一个人，因为对方很可能是名垂青史的天才，而那些“情商高”的人，早已身与名俱灭。

磊落奇才洪亮吉

清代乾嘉时期的学者洪亮吉（1746—1809，江苏阳湖人），是一位磊落奇才，也是最早关注人口膨胀带给中国之危害的学者。他在《治平篇》一文中，指出当时中国存在的一个现实状况：户口比30年前增加5倍、比60年前增加10倍、比100年前增加20倍，然而土地、房屋这些东西，最多只是增加3到5倍——也就是说，生存必需品的增速，远远比不上人口的增速，民生问题堪忧。

这样的声音，即使是放在今天，依然具有倾听的价值。

洪亮吉的运气，其实是不算太差的，他在44岁考中了进士，名次是榜眼，之后进入翰林院担任编修。翰林院地位尊崇，对于清代进士来说，在仕途的起点就进入翰林院，是一件相当有成就感的事情。

在学者、官员这些身份之外，洪亮吉还是一个诗人，至今存诗5500首，这个数量比白居易的还要多。他自比李白，其人生行事确实有一些李白的影子。

一年冬天，洪亮吉在翰林院上班，京城下起了大雪，此时一位朋友突然来访。两人于是喝酒聊天，兴致正高，发现酒不够喝了。此时去买酒，一来不方便，二来会灭了兴致，应该怎么办?

洪亮吉想出了一个法子：把院子四周的积雪扫起来，放入酒瓶里，边喝边聊。他以此为乐事，并写下了两个诗句："闲中富贵谁能有，白玉黄金合成酒。"

学者也好，诗人也罢，都不曾遮挡过洪亮吉至情至性的生命本色。

他与黄仲则是好朋友。相比起来，黄仲则的运气比洪亮吉差得多，未曾中过进士，35 岁就客死山西，临终前将诗稿指定给洪亮吉整理。洪亮吉知道老友的死讯之后，千里扶丧，将黄仲则运回江苏武进老家安葬，并且帮黄家处理了许多大事。

这些事情，让洪亮吉大受世人的赞赏，人们把他视为"巨卿"。

如果我们在生活中遇到一个像洪亮吉这样的朋友，一定要倍加珍惜，因为他不仅有趣，还有情有义。

不过，性情中人洪亮吉，还是在官场上惹了大事。

洪亮吉极其耿直敢言，有一次上书朝廷，痛斥政府吏治不清、士风颓堕，触怒了嘉庆皇帝，一度想把他处以极刑，后来改为贬去伊犁，还规定他不准饮酒、不准作诗。

在清代，官员被贬到伊犁是很重的惩罚。就连洪亮吉自己都以为，这辈子恐怕不能活着回到中原了。

在赶赴西域的路上，他写下《除夕夜坐》一诗，开头就说："世缘应已尽，梦亦不还家。"是的，他并未遵守朝廷"不准作诗"的规定，而是一路都留下了诗句。

出人意料地，洪亮吉在伊犁待了不足百天，就获得了赦免，返回江苏原籍去了。

原来，他去了伊犁之后，京城开始大旱，朝廷求雨，自然玩起了赦免一些罪人的老把戏来，然而在释放了一些人之后，旱情依然没有得到缓解。这时候，嘉庆皇帝想起了洪亮吉来，觉得可能是对他的责罚过当了，导致上天震怒，于是下旨赦免洪亮吉。

对于洪亮吉来说，这个转变是滑稽的。天知道，要不是碰上了那场旱灾，这个江南人会不会终老伊犁？

不过，这段西行的经历尽管很苦，但还是为洪亮吉的生命增添了不少色彩的，这在他的诗里，有淋漓尽致的体现。

在前往伊犁的路上，遭遇了极寒天气，有路人连手指都冻掉了，洪亮吉见状，写下《早发四十里井寒甚路人有堕指者》一诗：

极天惟有雪，万古不开山。

只觉云生灭，从无鸟往还。

路人伤堕指，迁客屡摧颜。

倘有攀跻处，思排虎豹关。

迁客指的是诗人自己，摧颜是愁容满面的意思。置身于“只觉云生灭，从无鸟往还”的环境里，他既感到了恐惧，但也滋生了一些奇气。

所以他在末联说：“倘有攀跻处，思排虎豹关。”攀跻即攀登。宋人王迈有“气盛曾排虎豹关”的诗句。洪亮吉此诗的结尾处是说：在这个险恶的环境里，如果有一个让我攀登的地方，我希望去排开那些被虎豹把持着的关口。

这是意有所指的表述。事实上，世路上供他攀跻的地方，是不容易有的，否则他就不会被贬去伊犁了。或许正因为现实太骨感，所以他的想象不能不丰满一些，否则就真没有力量顺利往返这条崎岖无比的路了。

烟波前路正无边

黄景仁，字仲则，一字汉镛，以“仲则”闻名于世，乾隆时期的天才诗人。

君子疾没世而名不称焉，但名声的传与不传，又要看时运。“时来天地皆同力，运去英雄不自由。”人是如此，作品亦然。在黄仲则的《两当轩集》里，这首《沧州晚泊》：

清风楼下唤停船。顿袖篷窗思惘然。
不见中条征隐士，空怀东海挟飞仙。
人同听雨谁千古，天放看山又十年。
沧酒一尊聊自醉，烟波前路正无边。

没有“似此星辰非昨夜，为谁风露立中宵”那么有名，更不像“十有九人堪白眼，百无一用是书生”那样被世人广泛传诵，但它爽朗悠然，余蕴无穷，水平绝不减于上引两作。

诗的最后一句，“烟波前路正无边”，不也跟今天的浮生贴切得很吗？

我读黄仲则也晚，是在读大学的时候，某天课间休息，看到一位女同学桌上放着一本散文小品之类的书，就拿过来随便翻翻。

时至今日，这位同学的芳名、这本书以及作者的名字，我都完全不记得了。惟一记得的一个细节是，当时拿起这本书，一打开就看到作者在谈黄仲则，首先映入眼帘的小标题，是仲则的两句诗：“痛饮狂歌负半生，读书击剑两无成。”

我瞬间被这痛彻心扉的句子击中，遂默默记下“黄仲则”这个陌生的名字，下课后马上去图书馆借他的诗集来看。

很幸运，第一本拿到的书，是陈沚斋先生选注的《黄仲则诗选》。陈先生选诗得当，串解文字极具深情。诗人选诗、说诗，可谓相得益彰。

薄薄一本《黄仲则诗选》很快读完，之后热切地将这位诗人推荐给朋友。朋友读后难抑激动，给我发信息说：“黄仲则的诗果然非常好！”

再之后，就是借阅、购买仲则的《两当轩集》，仔细将此书从第一页看到最后一页。当时的网络资源远远没有现在丰富，我一度对着书本，在电脑上录入仲则的七言近体诗，本想全部录入，但因事情太多，这个计划就逐渐搁置了，现在我的电脑里还保留着那个文档。

此后每遇信而好古的友人，我都会向他们介绍《黄仲则诗选》和《两当轩集》。

黄仲则家境贫寒，诗中多有感嗟身世之情。在他少年时期，其师邵齐焘曾经写过一首《劝学一首赠黄生汉镛》，勉励他毋以身世境况为意，趁年轻及时进学：

> 黄生汉镛，行年十九，藉甚黉宫，顾步轩昂，姿神秀迥，实廊庙之胡琏，庭堦之芝兰者焉。家贫孤露，时复抱病。性本高迈，自伤卑贱，所作诗词，悲感凄怨。辄贻此诗，用广其意，兼勗进业，致其郑重云尔：
>
> 生身一为士，千载悲不遇。所藉观诗书，聊以永其趣。群经富奇辞，历史贯时务。九流及百家，一一精理寓。遍窥而尽知，十年等闲度。文采既以成，穷通我无预。大垆铸群材，往往有错迕。旷览古今事，万变皆备具。而我生其间，细比蝼蚁数。得失亦区区，何事成忿怒。家贫士之常，学贫古所虑。愿子养疴暇，时复御缃素。博闻既可尚，平心亦有助。努力年少时，白日不留驻。

诗不算很有名，但所述的道理是正大的，与当年孔子教诲弟子如何看待穷通的精神一致。

邵齐焘去世之后，黄仲则写过一首《金陵杂感》：

平淮初涨水如油。钟阜嵯峨倚上游。
花月即今犹似梦，江山从古不宜秋。
乌啼旧内头全白，客到新亭泪已流。
那更平生感华屋，一时长恸过西州。

我对这一首诗的评价是："非独为一己而泪，具见诗人深悯。"并认为它是《两当轩集》中最好的七律。

在古今诗人中，仲则的诗艺或许不算得最高的。他的《绮怀》组诗，在技法上依然处在李商隐无题诗的笼罩下。《感旧》系列非常感人，然而又嫌过于流动，情深而顿不住，这终究是一个遗憾。在题材格局上，《两当轩集》也略显狭窄，还不足以令黄仲则跻身大家之列。

但天才始终是天才，以诗来发抒人情，往往说到常人难到的深微处，令人过目难忘。可以想见，其具绝高风华的篇什，虽百世而不灭。

仲则生于乾隆一朝，身处太平之世，却一生蹭蹬。但仲则的生命，又未可轻议。毕竟在时代大流中，人当寄身何处、如何行走世间，局中人又有几个敢说自己完全清楚？以后见之"明"来月旦前人，往往不是失之浅薄，就是流于鲁莽。

班固说司马迁不能以智慧使自身免于腐刑，然而班固自己却身死狱中。范晔因此评价班固“智及之而不能守之”，是“致论于目睫”，说班固作论，就像是人的眼睛，能看到远处，却不能看到自己的睫毛。但范晔本人后来也是下狱而死。

可见命之一事，最不能轻议，大贤尚不免于自伤，何况众庶？

“请将诗卷掷江水，定不与江东向流。”这是仲则的诗句，他的诗篇确实做到了“定不与江东向流”，至今仍为中国人传诵，可以想象，《两当轩集》仍将传下去。是以纵使仲则其人中岁而殁，也不足以成其悲。芸芸众生，即使再懂得趋利避害，若无言行泽世，虽得彭祖之寿，也不足以成其喜。

东海潮来月怒明

龚自珍的诗，贵在示人以“力”。

汪中的《文宗阁杂记续编》，钞录了前人这一条议论：“宋严丹邱论诗、姜尧章论书，皆精刻深至，具有卓见，及所自运，顾远出诸名家后。大抵议论与实诣确然两事。议论者，识也。实诣者，力也。力旺者能蔑识，识到者又能消力。语云‘识法者惧’，每多拘缩，天趣不得泛滥也。”

论者认为，宋代的严羽论诗、姜夔论书法，都非常深刻，但严羽本人的诗以及姜夔自身的书法，则比不上那些名家。原因何在呢？论者分析：议论与实际造诣是两回事，议论是否精到，取决于“识”，实际造诣高不高，则取决于“力”，识与力，有时又起着互相限制的作用。

这番议论十分精彩，它并非指出什么铁律，而是道出了一个无法解决的困局。

所谓“力”，应该是与生俱来的东西，属于看不清、摸不着的天分方面之内容。这能很好地解释了，为何历史上那些有名的文人，身上经常会有一些风流韵事。这不是说要把文章做好，非得放浪形骸不可，而是说那些文人的原始欲望足够强，这也应该属于“力旺”之表现，欲望若是管束得不好，就会有风流韵事产生。

“力”之一字，非常适合用来概括龚自珍的诗。诵读他的诗句，“一箫一剑平生意，负尽狂名十五年”“佛言劫火遇皆销，何物千年怒若潮”“春夜伤心坐画屏，不如放眼入青冥”，自会感到一股汹涌澎湃的气浪，令人心神震动。

《咏史》是龚自珍的七律代表作之一：

金粉东南十五州。万重恩怨属名流。
牢盆狎客操全算，团扇才人踞上游。
避席畏闻文字狱，著书都为稻粱谋。
田横五百人安在，难道归来尽列侯。

从字面上看，此诗咏的应该是汉朝时候的事。首联“金粉东南十五州，万重恩怨属名流”，说的是明争暗斗潜藏于社会上层之中。第二联“牢盆狎客操全算，团扇才人踞上游”，指出盘踞在社会上层的都是些牢盆狎客和团扇才人。牢盆是煮盐器具，代指盐政，盐业乃古时的经济命脉。狎客是陪侍权贵玩乐的人。团扇即圆形有柄的扇子，为古代宫廷常用之物，所谓团扇才人，指的是皇帝身边的佞臣。

“避席畏闻文字狱，著书都为稻粱谋。”避席是一种礼仪：古人席地而坐，每当遇到需要表示敬意的时候，坐着的人就要离席起立。“避席”一词，又可以指离席走开。为何要避席？诗人说：畏闻文字狱。稻粱谋是谋生活的意思。著书本来是庄严肃穆的事，然而如今人们著书只是为了讨生活，原因何在呢？观看上一句，不言而喻。

田横是齐国的贵族，秦朝末年起兵反秦，与其兄曾在齐国称王。刘邦统一天下后，田横害怕被杀，率领五百名手下逃到了海岛上。后来田横接受汉廷的招安，到洛阳去见刘邦，因为不想受辱，在路上自杀了。留守海岛的五百名手下听到这个消息，也一起自杀了。“田横五百人安在，难道归来尽列侯”，这两句似乎是在提醒那些准备接受权贵招安的人：你们难道都会得到“封侯”吗？

在古人的写作习惯中，所谓“咏史”，说的往往是当下的事情。结合龚自珍所处晚清社会之局面，自可略窥《咏史》一诗的要旨。从技术手法上看，这首诗当然还有瑕疵，因为它不够深曲，在深文周纳的环境下，它还可能为诗人带来祸灾。不过反过来想，如果龚自珍写诗的时候会顾虑这一点，那么他就不是我们所认识的龚自珍了。

龚自珍的绝高天才，集中体现在他的《己亥杂诗》里，这组诗共 315 首，全是七绝，我们来看其中的第 33 首：

少慕颜曾管乐非。胸中海岳梦中飞。
近来不信长安隘，城曲深藏此布衣。

诗后有作者的自注：“别会稽少白山人潘谘。”也就是说，此诗是龚自珍赠别潘谘之作。潘谘字少白，浙江会稽人，喜欢游历，行路数万里，后隐居京城。

“少慕颜曾管乐非”，是说潘谘（其实也可能是诗人自己）少年时就向慕颜回、曾子这两位孔门高足，不认同管仲、乐毅这些有着显赫事功的人物。颜回生活贫穷，但不以此为忧，而以学道为乐，受到孔子的盛赞。曾子说：“士不可以不弘毅，任重而道远。”这句话，至今仍影响着国人的精神。

颜、曾二人，身上都有儒门的刚劲。“少慕颜曾管乐非”，潘谘扬颜曾而抑管乐，是崇道而不崇势。这个起句托出了潘谘的品格。有另一解释说，“少慕颜曾管乐非”的“非”是指韩非。此说不通，因为史载潘谘严义利之辨，不可能向慕管仲、乐毅、韩非这些功名之士，至少不会将这些人与颜回、曾子相提并论。

“胸中海岳梦中飞”，说潘谘并非固守一隅做自了汉，而是遍游名山大川，天下盘桓在他胸中。“近来不信长安隘，城曲深藏此布衣”，是说作为平民的潘谘隐居在京城，令京城变得大了起来。

这两句的精神源自《论语》。孔子想去九夷居住，有人说，九夷很僻陋。孔子答："君子居之，何陋之有？"这个故事貌似平常，其实寓有遥深的义理：人若具备高越的精神、圆满的德行，环境时势将因人而变。这首诗的末句与首句击鼓相应，令潘谘儒风猎猎作响。

龚自珍这首七绝，前两句阔大，后两句遥深，大开大合，可谓大笔。类似的奇构，常见于《己亥杂诗》中。

要以言之，龚自珍的诗，思致深邈而又奇气纵横，越出了唐宋诗的笼罩，可谓"力旺"之至境，令人一读难忘，是诗国瑰宝。龚自珍曾经在梦中得句"东海潮来月怒明"，用这个光彩夺目的句子来形容龚自珍其人与其诗，可谓再贴切不过了。

诗情在空间，不在纸上

吕思勉先生曾经说过这样一句话："学问在于空间，不在于纸上。"（见《读书的方法》一文，收录于中华书局《为学十六法》一书）此语精警。套用一下这个说法：诗情，同样也在空间，不在纸上。

这话应该怎么说呢？晚清民国时期的诗人陈曾寿，曾经说过这样一件事：他与郑孝胥相聚，经常听郑氏诵读自己或古人的作品，这时候都会令他觉得："节奏抗烈，倍觉警动，开悟甚多。始知平昔于古人之诗，随意浏览，轻易忽略过去，埋没古人之精神为不少也。"（上海古籍出版社《海藏楼诗话》附录"名家评论摘要"）

郑孝胥是晚清大诗人，亦是清朝遗民，1930 年代曾出任伪满洲国总理，人生行事备受争议，但他的诗才则是世所公认的，其书法也为时人所重，所题写的"交通银行"四个字，沿用至今。

陈曾寿所说的，就是郑孝胥吟诵诗文时带给人的感受。吟诵是用声音来展示的，声音当然是在空间穿行，并不在纸上。

对于郑孝胥的吟诵，陈曾寿不无感慨地说："大约文字之由闻根入者，较由见根入者为深。凡人于所见之书，多不记忆，若听人说一故事，则终身不忘，此其验也。"

是的，从"闻根"入，比从"见根"入，确实要来得深。能够佐证陈曾寿这个说法的，还有"听君一席话，胜读十年书"这一古语。

但是这种展现诗情的方式，近世逐渐寂寥了。显见的一个例子是：老先生带着学生摇头晃脑地读古诗文的情景，被视为迂腐的读书方式，受到了广泛的嘲笑。其实，这恰恰是一种个性飞扬的教育。

不过，老的方式是丢掉了，然而诗文还是要读啊，取而代之的是什么呢？所见的，更多是一种漫不经心的机械式诵读，场景请参照某些我们熟悉的学校早读课，遇七言诗，永远是"四三"的读法，把一句诗按照前四后三的方式，分成两截来诵读。

这种方式，不能说是错的，但至少不能通用于所有句子里，不然，前人辛苦创制的多样格律，就完全作废了。比如，"醉卧沙场君莫笑"可以用"四三"格式读，但"古来征战几人回"就不宜如此读，因为它的格律是"仄平平仄仄平平”，这时候只需把“来、回”这两个平声字的读音，稍微拉长就可以了。

当然了，与机械式诵读并存的，还有一种感情饱满的广播式诵读。这种读法，也不能说它有错，但不能持久。试想想，如果每首诗都花那样大的力气去读，那么体力差一点的朋友，一首《长恨歌》还没读到一半，可能已经累昏过去了。

学者叶嘉莹先生近年以九十多岁的高龄，不遗余力地推广吟诵，可谓用心良苦。在具体的吟诵上，她把入声读成了去声，如“好雨知时节（jiè），当春乃发（fà）生”，这种处理是否可行，或许有待商榷，但建议读者这样做的时候，已经隐含了一个前提：读者已经掌握了平仄，尤其是能够辨认入声字。这一块的内容，是我们的基础教育所欠缺的。

说白了，诗文的吟诵，并不需要复古，因为这是很简单、很个性的一件事。无论是何种方言的吟诵，其规则也万变不离其宗：平声长、仄声短。只要掌握了汉字的平仄，就能够进行吟诵。普通话比较特殊一些，因为没有了入声字，但也有了不少对入声字进行短促处理的方法，要掌握也并不难。

诗意或许可以从纸上就可以获取，但诗情要靠声音传递。我们用文字去阐述古诗文之美，这种事情已经做得很多了，至于如何在空间里展现古诗文之美，则还需要花费许多工夫。

一事能狂便少年

谈起王国维，不少人可能第一想到的是《人间词话》，此书的价值此处不论，里面所提到的人生三境界，其实只是一段漂亮的空话，在后世也产生不少流弊，例如近人喜欢东抄西摘一些古人诗文来敷衍成长篇大论，多少是受了王国维的影响。

实际上，王国维的诗词写得非常好，可惜往往被《人间词话》的名气掩盖了。读他的诗集，可以看出他对世界的反应极其敏感，对人生也有极其严肃而沉重的思考。他的诗句，如“欢场只自增萧瑟，人海何由慰寂寥”“至今呵壁天无语，终古埋忧地不牢”“人生过处唯存悔，知识增时只益疑”，把深蕴于人生里面的一些痛苦与困惑，写得细致入微而惊心动魄，绝非那些仅为一己悲欢哀鸣的诗家能比。

《晓步》是王国维集子里难得的快诗：

兴来随意步南阡。夹道垂杨相带妍。
万木沉酣新雨后，百昌苏醒晓风前。
四时可爱惟春日，一事能狂便少年。
我与野鸥申后约，不辞旦旦冒寒烟。

陈沚斋先生的《王国维诗词全编校注》认为，这首诗作于光绪三十年春夏，其时王国维在海宁家居养病。诗中的“百昌”典出《庄子》，是“百物”的意思。第七句的“野鸥”，用了鸥鹭忘机这个典故，这也是古人诗中的熟典，黄庭坚的名句“万里归船弄长笛，此心吾与白鸥盟”，也是取用了这个典故。最后一句的“旦旦”即“日日”。

《晓步》语句清新，意思浅显，读者不需要多费精神就可以理解，其中“四时可爱惟春日，一事能狂便少年”，足为传世佳句，丝毫不让唐宋巨公。晚唐诗人韩偓写过“四时最好是三月，一去不回惟少年”的句子，王国维可能是受了韩偓的启发，但他这两句写得比韩偓好，因为韩偓这两句只是对世事的陈述，而王国维不仅书写世事，“一事能狂便少年”更是流出了自家心事。

此诗可以一议的地方当然不是没有。在第二联里，苏醒对沉酣、风对雨，对得太正，没有宕开。根据格律要求，律诗的中间两联需要对仗，对仗里的两句，需要做到结构相同、平仄相反。前人作诗，强调对仗工整，不仅要满足上述的基本要求，有时还要求对仗的词汇同属一个门类，例如龙对虎，动物类；江对海，地理类；云对月，天文类；其他诸如有对无、是对非，意思相反，也属于同一门类。

如果只是写对联，力求工整是无可厚非的，但在写诗时刻意求工，却容易导致一个问题，就是对得太正，会令诗句显得板滞。譬如李商隐五律《风雨》的中间两联是："黄叶仍风雨，青楼自管弦。新知遭薄俗，旧好隔良缘。"青对黄、新知对旧好，相反成对，很工整，但也正因为过于求工，从而限制了诗意的延展。从诗艺上看，这两联都算不上高水准之作，起码不能用来说明李商隐的水平。像"永忆江湖归白发，欲回天地入扁舟"这种矫健如苍龙回旋的对仗，才是我们所认识的李商隐。

好的对仗，需要做到辞断意连，即上下联尽管在形式上是断开的，但两句的意脉一定要相连，不能各自为政。在对仗方面，宋人可谓达到了神出鬼没的境界，往往令人读来眼前一亮。譬如苏轼写饮酒之乐，"公独未知其趣尔，臣今时复一中之"（中即中酒，醉酒的意思），对仗掺入虚词，容易使句子显得突兀，但这两个句子却很浑成，令人读起来丝毫不觉得是对仗，非诗力深厚者不能写出。

以上所说，都是诗家正常水准之上的对仗。至于那些合掌的对仗，就不能算正常了。所谓合掌，是指上下联的意思相同，这是写诗大忌。罗隐的诗句“四海为家虽未远，九州多事竟难防”，九州对四海，两词的意思没有什么不同，罗才子此处未免有点对不起他的诗名了。

人海何由慰寂寥

偶尔有一些朋友，加了我的微信，瞄了几眼朋友圈之后，对我说："你发的内容，大部分都跟诗词有关，关于你自己生活的内容没多少啊。"

我说："那些就是我的生活啊。所谓诗词，只是用来表达自己心情的一种方式而已。"

我常常谈论诗词，但是作为一个现代社会里的人，我并不希望回到古代生活，这是因为，无论是自己喜欢的汉代还是宋代，我都是从纸上得到它们的模样，然而如果真要回到那个时候，实际的处境，可能与那些美好的印象相去甚远了。当然了，这个粗略的认知，同样也是从纸上得来的。

在瞬息万变的时代里，我们还很有必要去寓目旧籍，这是因为，人的许多心情，是亘古常新的。诗词文章，是亦古亦新的东西。"古"的是时间，"新"的是心情。实际上，即使单纯从时间上看，诗词并不是只有古时候的才好。我们来看看王国维的这首《拚飞》：

拚飞懒逐九秋雕。孤耿真成八月蜩。
偶作山游难尽兴，独寻僧话亦无聊。
欢场只自增萧瑟，人海何由慰寂寥。
不有言愁诗句在，闲愁那得暂时消。

“拚”音 fān，通“翻”，是指上下飞翔。“孤耿”是对自己心意的谦称。“蜩”音 tiáo，是蝉的另一称呼。蝉活跃于夏天，亡于秋季。“孤耿真成八月蜩”，是说作者的心情，就像秋天的蝉那么低落（诗里的八月是阴历时间）。

这是一首写于 1903 年的七言律诗，使用了唐代成熟的平仄格式写成，距今有一百多年历史，不能算古，然而堪称不朽经典。

“欢场只自增萧瑟，人海何由慰寂寥。”这两句写得实在精妙，这两句就跟刘禹锡的诗句“沉舟侧畔千帆过，病树前头万木春”一样，缺点很明显，两句意脉未能延宕开去，但击中了人世间的一些隐痛，优点大到可以让人忽略这些技法上的瑕疵。每当我置身于那些热闹的场合里，脑中无端出现一阵恍惚之感的时候，就会突然想起“欢场只自增萧瑟”。

晚清民国那一批士人，他们在时代变局中，究竟有着哪些幽微的心情，值得我们仔细地去探寻，王国维就是一个重要的例子，他自己写的诗词，要比他对前人诗词的评论，来得更加精彩，可惜两者名气成反比。

在诗词作品中，王国维把自己在世间遭遇到的困扰，精彩地表达了出来，而直到今天，那些困扰仍然出现在许多人身上。他的诗句说："苦觉秋风欺病骨，不堪宵梦续尘劳。"（《尘劳》）这两句说的是谋生这件事给人带来的磨损，以致人在夜间，都会梦见继续做着白天的辛劳之事。

在今天，为了工作而焦虑的加班一族，又或是在大机构中长年累月地添砖加瓦的人，对于"不堪宵梦续尘劳"这种味道，可以说是绝不陌生了。

王国维的诗又说："君看岭外嚣尘上，讵有吾侪息影区。"（《重游狼山寺》）这两句的大意是：纷扰尘世里，何处是我们这种人的栖身之所呢？这种情绪或迷思，其实并非身处那个变局里的人才有，千百年来，多少人奔走于世间，为的不正是安放好各自的灵魂吗？

焚琴煮鹤

2017年夏天，我一位朋友的外甥女来到广州探访他。小女孩来自沿海某市，就读于当地最好的小学，马上要读六年级了，这番来广州既是度暑假，也是向她这位博学多闻的舅舅，讨教一些语文学习的方法。

那段时间，适逢“部编本”教材出来了，中小学语文课本中的古诗文比例大幅增加。小女孩拿出一本收录小学生必背古诗文的书，请舅舅讲解上面的诗。

说到李商隐的《夜雨寄北》：

> 君问归期未有期。巴山夜雨涨秋池。
> 何当共剪西窗烛，却话巴山夜雨时。

小女孩说，她的老师讲过这首诗，说这是李商隐写给友人的作品。

朋友当即告诉外甥女，关于这首诗，有两个说法，一种说法认为是作者写给妻子的，因为这首诗还有另一个题目叫《夜雨寄内》，“内”指的就是妻子；另一种说法认为是作者写给友人的，也就是她的老师所说的版本。

朋友跟外甥女说，从诗意上看，写给妻子的说法比较合理，这也是目前通行的解释。

说了这个意见之后，朋友马上去查了清人冯浩的《玉谿生诗集笺注》——这是李商隐诗集最经典的古注——看到冯浩说：“语浅情浓，是寄内也。”朋友合上书，长长地舒了一口气——这个场景，自然是我脑补的。

小女孩信了。几个月后，冬夜，我和朋友出去吃晚饭，其间他的外甥女忽然来电，请他再次确认：《夜雨寄北》这首诗，究竟是不是李商隐写给妻子的？

原来，小女孩刚刚参加了一次语文考试，里面考到了这首诗。她回答说，诗是李商隐写给妻子的。然后，她被告知回答错误。

朋友听了，哭笑不得。我在一旁也唏嘘不已，默默地打开了百度，发现就连以不靠谱著称的百度百科，也说《夜雨寄北》是“写给远在长安的妻子（或友人）的一首抒情七言绝句”。

作为考官，你完全可以认定此诗是作者写给友人的，但不能断定“写给妻子”这一说法是错的，因为这是一首解释存疑的诗。

这让我想起了另一件事。

王安石的传世名篇：

> 京口瓜洲一水间。钟山只隔数重山。
> 春风又绿江南岸，明月何时照我还。

被收入了人教版的小学语文教材中，与之相配的2005年人教版《教师教学用书》中，特别注明第一句的“间”字，要读jiàn。

许多人质疑这个读法。人教社为此专门答疑，坚称这个读法没有错，七绝可以首句不入韵，此字是“间隔”的意思。

其实，我们只要熟悉一下格律就知道，“京口瓜洲一水间”的“间”，要读平声jiān，一是因为，七言近体诗的正格是首句入韵，“间、山、还”在同一个韵部；二是“一水间”属于成词，古人大量用于平声韵脚里，杜甫的五律诗句“追饯同舟日，伤春一水间”即是如此。

关于“间（jiān）”字，《汉语大词典》有这么一个解释：“一定的空间或时间里。”王安石取用的就是“一定的空间”之意，整句诗并不费解：京口和瓜洲，近得只有一条江水的距离。

读jiān，凸显了两地很近然而诗人却难以前往的无奈之意，跟后面的“明月何时照我还”消息互通。古诗“盈盈一水间，脉脉不得语”，也是同样的笔法。如果读 jiàn，貌似增加了动感，其实韵味已经大打折扣，迹近焚琴煮鹤了。

在对《泊船瓜洲》一诗的解释上，百度百科保持了一向的不靠谱本色，它特地对“间”字标注说：“根据平仄来认读 jiàn。”

拜托，如果根据平仄来论的话，更加不应该读这个音，因为那样一读，这句诗的后面三个字都是仄声了。这种“三仄尾”的情况，通常出现在五言近体诗中（比如王湾的“潮平两岸阔”），然而在七言近体诗中是很少出现的。

上一次看到这个“间”字的争论，是 2013 年的事了。不知道现在的中小学语文教学中，教师是否依然被告知要读“京口瓜洲一水间（jiàn）”？

名与字

王安石退居江宁（今南京）半山园的时候，其宅就是晋朝谢安与王羲之登临过的地方，即著名的谢公墩（墩是平地高出的地方）。

谢安的字是安石，恰好与王安石的名相同，王安石为此写下了这首《谢公墩》：

我名公字偶相同。我屋公墩在眼中。
公去我来墩属我，不应墩姓尚随公。

诗的意思是说：我的名与谢安的字相同，在我家就把谢公墩看在眼中，不过如今谢公不在了，墩是我家的，所以它应该叫王公墩呀……

这是一首打趣的诗。《苕溪渔隐丛话》说："或云：'介甫性好与人争，在庙堂则与诸公争新法，归山林则与谢安争墩。’此亦善谑也。”

王安石会戏谑，人们也戏谑王安石，说他与谢安争墩。读古人的诗，不可不注意这种谑味，如果坐实去解，就很容易出问题。从这个方面看，一个幽默的人，比较可能是天生的诗人。

《谢公墩》这首诗是因王安石的名与谢安的字而起的。关于名与字，有着不少饶有趣味的故事。

比如，两岸对蒋介石的常用称呼，存在一个有意思的现象：由于历史原因，大陆曾经长期抑蒋，却一直称其为“蒋介石”，这是蒋的字，该称呼与抑蒋的初衷背道而驰；台湾尊蒋，却动辄称他为“蒋中正”，直呼其名，甚为无礼。此事两岸异观，但在不得体这一点上是相同的。

《颜氏家训》说：“名以正体，字以表德。”古人有名有字，名是生下来就可以取的，主要用来自称，此外也供同辈或长辈称呼自己时用；字是二十岁成年时取的，有尊重的意味，专供他人称呼自己时用。

顾炎武在《日知录》卷二十三里，梳理了古人使用名或字时出现的各种情况，清通扼要，颇便后人，非常推荐有兴趣的朋友阅读。本文举列的部分例子，亦从《日知录》而来。

春秋时期的人，生不讳名，人们称呼平辈或晚辈时，可直呼其名。比如，老聃的辈分不低于孔子，他与孔子相见，就直呼孔子之名——《礼记·曾子问》：“老聃曰：丘。”

子夏名叫卜商。曾子与子夏是同辈，他直呼子夏的名——《礼记·檀弓篇》：“曾子曰：商！”

在《论语》中，孔子称呼弟子的时候，都是直接说他们的名。例如子路名叫仲由，孔子说：“由，诲女知之乎？知之为知之，不知为不知，是知也。”子贡名端木赐，孔子说：“赐也始可与言诗已矣。”

到了后世，称他人之名逐渐具有不尊重人的意味，所以上司也有称呼下属之字的例子。《史记》：“高帝曰：运筹策帷帐中，决胜千里外，子房功也。”这里的子房，就是张良的字。

史文贵在实录，自《史记》以来，国史行文一般都是直书人名——对大德者例外，例如在《孔子世家》及《仲尼弟子列传》两文中，司马迁要么写“孔子”，要么写“仲尼”，极少直书孔子的名“丘”，可见他对孔子的敬重。

由于字有尊重的意味，是以一般来说，个人自称时只能使用名或号，不能自称字，否则就是妄自尊大了。有人看见蒋介石题字的落款是“蒋中正”，惊呼蒋为何自称字，不知“中正”是蒋的名，“介石”才是蒋的字，如果蒋以“介石”自称，那才真的是贻笑大方了。

自称字的现象，古代极为罕见，但也不是没有。白居易字乐天，他的《与元九书》落款是“乐天再拜”。在面对元稹的时候，白居易自称字，不知有何用意，惟一的解释是他和元稹关系太好了，即使言辞略有失礼，元稹也会不以为忤。读白居易的集子就可知道，在面对关系并不特别亲昵之人时，他的行文是很谨严的，《与杨虞卿书》："居易顿首。"《与济法师书》："居易稽首。"都是以名自称，合礼得体。

由于称字已经表达了尊重，因此称人之字时，可以不加"兄""先生"之类的后缀。在苏辙的集子里，当涉及苏轼的时候，他经常只写"子瞻"。梅尧臣比王安石年长十九岁，他去世后，王安石写诗缅怀，题目是《哭梅圣俞》，直呼梅尧臣的字。

对于一个值得尊敬的人，古人是讳称其名的，于是就有了"避讳"之现象，这一点已经广受近世聪明人的批评了，理由之一是，避讳妨碍了后人了解前代。

聪明人不知道，《礼记》这样明白写道："诗书不讳，临文不讳。"今日可见的国史记载里，大部分都是对人物直书其名，甚至涉及家讳的时候，作者也不刻意回避，例如司马迁的父亲名叫司马谈，然而《史记》屡见"谈"字，如《孟荀列传》："齐人颂曰：谈天衍。"

论者认为，《史记》经司马谈、司马迁父子之手而成，书中有"谈"字的地方，是司马谈自己撰写的。这种说法迹近臆测了。无论是司马谈还是司马迁，都并没有明确说出谁负责了哪些内容的撰写，后人只能猜测。何况，即使带有"谈"字的叙述是司马谈所写，然而全书最后定稿的是司马迁，如果非要避家讳不可，他是完全有理由删改的，那么他为何没有这样做？可见当时的讳法，并不像后世那般绵密。

在学术著作里，作者对贤者称名与否，则完全由作者的习惯决定。例如赵翼在其《瓯北诗话》里，大多称呼前贤的字或号，如李青莲、杜少陵、苏东坡云云。同样是清人，叶燮在《原诗》里则称呼前贤之名，如杜甫、李白、王昌龄云云。赵翼固然尊贤，而叶燮的做法亦无可厚非，学术著作跟国史修撰一样，都是以直为贵，径书前贤名讳，并不意味着不尊重前贤。

至于在日常的言语交流或书信来往中，则应尽量讳称尊者、贤者之名，这是一种基本的礼仪。

当然，讲礼也有过犹不及的时候。在汉末，人们有时连他人的字也要避讳。据《三国志》载，常林七岁时，其父一位朋友到访，问常林："伯先在否？汝何不拜？"伯先是常林父亲的字。常林听了，心中不高兴，对客人说："临子字父，何拜之有？"意思是说：你当着别人的面称呼其父亲的字，我为何要拜你？当时的人纷纷赞赏常林此举。

据《山阳公载记》记载，马超归附刘备之后，经常当面称刘备为"玄德"，关羽和张飞为此很不高兴，认为马超太无礼，要把马超杀了，后来被刘备阻止了。对于此事，裴松之认为不是史实，因为关羽当时在荆州，而且关羽未尝入蜀。不过，我们可以从这些记载里窥出，在汉晋期间，称呼他人的字可能会被人视为无礼的行为。

正如《颜氏家训》所说：“江南至今不讳字也，河北人士全不辨之，故有讳其名而并讳其字者。”字本来就是尊称，连这个都要避讳，只会令人无所适从了。

如果你还想了解更多古人使用姓氏名字方面的内容，那就赶紧打开《日知录》第二十三卷吧。

鸿爪篇

十年

2016 年 8 月，我做了两件小事，都跟我的大学有关。

第一件，在一个周末的晚上，和七名华南师范大学的校友聚餐，饭后去唱 K，回到家时已是凌晨一点，却没有任何疲累的感觉。印象中，这是该年最尽兴的一次聚会，大家来自各行各业，在相聚时，罕有人去谈自己工作上的那些事儿。

第二件，与一位古琴高手见面，地点约在了华南师大的广州石牌校区，这里被称为这所学校的本部。我们在校内的餐厅吃了晚饭。餐毕已是天黑，走在校道上，秋风起，涌进鼻子的还是那些熟悉的气味。

2004 年，我进入华南师大读书，不过来的并不是石牌校区，而是被发放到大学城校区，那是在广州远郊的一座荒岛上——那一年，广州大学城投入使用，十所广东高校的大一新生进驻荒岛，我就是其中之一，而且四年都在岛上度过。

如今的广州大学城郁郁葱葱，除了雷声有点大，市区有的缺点，比如空气污染、交通堵塞、喧闹混乱等等，这里都没有，是一个使人安静的地方。

不过，大学城可不是一开始就这般宜人的。

我入学的时候，岛上到处都是光秃秃的景象，学校没有篮球场，图书馆没有几本书，形同虚设；整个大一，没有师兄师姐在身边交流；去广州市区的公交车少得可怜，而且都挤得像沙丁鱼罐头一样；大学读了一半，岛上才有地铁；想要买书、买衣服、修电脑，请去市区；手机信号不好，偶尔还会收不到短信……

刚到大学城报到不久，我就认识了一个胖子。他是我的同班同学，来自潮州，住在我对面宿舍——熟络了之后，胖子让我们叫他“猪头”，从应答中可以看出，他很喜欢自己的这个别号。

“猪头”喜欢串门。他来到我宿舍，带着艳羡的语气对我说：“还是你的宿舍好啊，在阳台能看到山！我那边的阳台，只能看对面楼的男生，光棍看光棍，没意思！”

当然了，他这个羡慕没能持续多久。大二时，我们搬去了另一栋宿舍楼，我和他成了隔壁，宿舍方位都属于“光棍看光棍”类型。

由于2004级是第一届进驻大学城的学生，据说领导很重视，结果是我们足足军训了一个月，大家都筋疲力尽。熬到9月底，看着十一假期快到，我赶紧打点行李，准备回家歇一口气。“猪头”看见了，走过来说：“你要回家了？有没有兴趣请我去你家做客啊？”

我只道他在开玩笑，遂不置可否。后来才知道他是认真的，因为他抱怨我当时不表态。不过，这不影响他数次邀请我去潮州玩。那时没有高铁，当我知道从广州到潮州至少要坐6个小时的大巴后，就打消了去潮州玩的念头。

由于志趣不同，我与“猪头”在读书方面的交流很少，生活上的过从也不算密，但我喜欢他身上的真诚气息，与他见面时，总有一种自然生发的亲切感。后来听说他和舍友关系不佳，我也不置可否。

上了大二，“猪头”开始疯狂地在网上看玄幻小说，没日没夜的那种。有一天，他突然在饭堂晕倒在地，口吐白沫，紧急送院后，查出他脑里有肿瘤，马上做手术切除，据说是良性的。自那以后，他的生活规律了许多。

不知不觉毕业了，昔日的同学少年，各自为口奔忙。“猪头”去了广东省的中山市工作，我和他联系渐少。

2011年夏天，我父亲突发严重脑出血，在重症监护室住了一个月，从此半身不遂。父亲病发之后，我频繁奔走于广州和老家之间，为的是尽量多见他一面。渐渐地，悲伤与麻木并存。

有一天，“猪头”突然给我电话，说大学同班同学要结婚了，在广州请大家吃饭，问我怎么不去。

我告诉他，我爸病了，我回了老家，已经跟新郎致歉了。

他宽慰了我几句，然后说他接下来要到广州，因为他大学时的那个病有后遗症，需要来广州医治，并说问题应该不大。

我们互道珍重，相约在广州见面，匆匆挂上了电话。

但很快，就传出了“猪头”病情恶化的消息。我向他发信息问候，他的弟弟代为回复，说是他们要春节之后才能来广州，因为联系的医生目前去了国外。

2012 年元宵，广州，我如约和“猪头”见面。不过他应该不知道我来了，因为他正躺在重症监护室里，已经重度昏迷，上了呼吸机，全身浮肿。

他的脑瘤复发了，这次是恶性的，来势凶猛，生存希望渺茫。

那天和我一起去医院探访的，还有几个大学同学，我们站在病床边，或对“猪头”轻声叫唤，或默默注视。大家都知道，这将是我们见他的最后一面了。从重症室出来后，有同学黯然泪下。

我没有流泪。或许是因为我对重症监护室的气味、声音，乃至死亡随时会降临的压抑气氛，都太熟悉了；又或许是我的眼泪，已经在广州与老家之间的路上流干了。

后来，“猪头”在广州去世。

2013年秋天，在病倒将近两年半后，我的父亲离开了人世。为父亲守夜的时候，我一直默念着两句诗：“感时花溅泪，恨别鸟惊心。”这首《春望》，是我读小学的时候，父亲教会我的。

2014年暮春，我因事经过广州的小洲村，路上忽然心动，于是独自步行到了小洲便桥。

这是连接广州大学城与小洲村的一座桥，只有两车道。读大学的时候，我和同学常常路过这座桥，或是坐公交车去市区，或是步行过桥，到对岸的瀛洲生态公园去烧烤。

我走到桥头处，看到桥被拆了一半，接下来将要重建。水的另一边，是熟悉的大学城，十年前我第一次踏足那个地方。看着伫立水中的桥墩，我骤然想起了昔日和同学从这座桥上走过时的情景。

然后我又马上意识到，那些曾经身体充满力量的少年，有的已经不健在了。在那一瞬间，很久没有写诗的我，突然有一个诗句从心里蹦了出来：人同绝水知谁健。

回家后，我把这个诗句写下，并补足成一首七律，题目叫做《断桥春望》：

断桥寂立听春残。不尽烟帆断续看。

一片苍岑动遥思，十年异客畏惊滩。

人同绝水知谁健，梦已迷津到此难。
且喜重来花逆我，可能明日更阑珊。

诗写出来后，我的眼泪突然像江水决堤般倾泻而下。

当空可是旧星辰

“一飞”是我大学舍友的别名。

2004 年我刚上大学的时候，和同学们都很兴奋，那时候没有智能手机，在大一的上学期，大家甚至还没有开始配置电脑，男生们在下课之后喜欢聚在宿舍里聊天。

国内所有师范大学的一个共同特征就是：女生多、男生少。师范大学里的文学院尤其如此。我们班五十五个人，有十个男生，这个数量已经是学院所有班级中名列前茅的了。

有一天晚上，在我的宿舍里，班上的男生们谈论班上哪些女生最漂亮。大家七嘴八舌，有人说 A，有人说 B，有人说 C，并且都给出了非常坚实的理由。

正当气氛热烈的时候，突然在角落里传出了一个声音：“我觉得 D 也不错啊……”一室皆惊。说话的人，正是一飞。在宿舍里，他比较少说话，也罕会参与这种话题。在当晚的白热化讨论中，他也只是一直在静静听着我们在说话。

我们都没有想到，突然之间，沉默寡言的一飞，果决地向全世界公布了心仪对象的名字。

但一飞何止是说出来而已，他很快就动手去追D了。一般来说，文科男生谈论自己喜欢的女生，更多是在意淫，像一飞这般说到做到的，其实不多。一飞果断去追了，然后失败了。女孩拒绝了他。

这当然是一件郁闷的事。我知道了之后，陪着他夜逛校园，向他推荐了一首粤语流行歌：《总有你鼓励》，歌词的大意是：两个情场失意的男人重逢了，大家互相鼓励，用友情的温度，治疗了爱情带来的伤痕。

一飞的母语不是粤语，但他很快就学会了唱这首歌。后来，在我们的加持下，这首歌成了我们的舍歌。

不过，一飞并未扭转“败局”，在大一的上学期，那位女孩始终没有答应做他女朋友。一飞心情低落地考试，回家。接下来就是过年。我向该女孩发短信拜年，顺便告诉她：“我的舍友被你拒绝了，他很郁闷，他真的很在意你。”然后女孩回我：“他真的很在意我吗？”

我一看话风似乎有点不同了，于是赶紧说了一通一飞如何在意她的话。女孩没有多说什么，向我说了“谢谢”。第二学期开学后不久，一飞和女孩就在一起了。这当然不是我的功劳，而是因为他们的缘分到了。我很为他们高兴，自此没有再过问他们的事情。

大学期间，我把精力用于古诗文学习上，一飞也忙着谈恋爱、主编校园报纸，再加上各有各的圈子，大家的交往趋于平淡。

在大学毕业后，我和一飞有过短暂的一段共事经历。

毕业前夕，一飞女朋友找到了广州的一份工作，他却去了深圳一家新成立的网站做编辑，网站公司的负责人是他的老乡。

当时我已经在广州找到了工作，但工作内容不是我喜欢的类型，于是便问一飞那边还招不招人。一飞爽快地把我推荐给了网站的负责人，顺便把另一位大学同学也介绍了过去。

我辞掉了广州的工作，毕业离校就到深圳入职。然而网站经营不善，难以为继，老板的忧惧溢于言表，经常和一班采编人员开会讨论如何赚钱。然后，公司开始裁员。

年轻的同事们陆续走了，办公室的人越来越少。最终，我和那位同由一飞介绍过来工作的同学未能幸免，离开了这里。这是我的第一份工作，刚好做满三个月。

离职那天晚上，我回了广州，在一位好友的住处落脚。第二天一早，意外地接到了网站负责人的电话，问我是否愿意再回去工作。我想都没想，当即平静地拒绝了。

挂上电话之后，我发短信告知一飞此事，才得知一飞辞职了。原来，一飞见我们走了，心不自安，随后就向公司提出了辞职，回广州和女友团聚并重新找工作。不久后，那家网站也倒闭了。

我们继续为各自的生计奔波，联系渐少。后来，一飞做上了自己心仪的工作，并且和女朋友结了婚。

与此同时，我到了南方报社工作。有一天，一飞夫妇突然来到我住的小区，他们要在这里买房。就这样，神奇地，我和一飞住在了同一个小区。

由于工作节奏不同，我与一飞见面并不多。2016 年的一天，在小区里遇到了他们一家三口，他的女儿已经健步如飞，并且上幼儿园了。匆匆的立谈之间，一飞夫妇让女儿叫我叔叔。

我陡然有点感慨。这种感觉，就是老杜《赠卫八处士》所说的："昔别君未婚，儿女忽成行。怡然敬父执，问我来何方。"

当天回家后，我整理电脑的旧照片，无意中翻出了一张 2005 年我和一飞在黄埔军校的合照，于是顺手发给了他。

他回复说："这都被你找到了。十一年了，你只有发型变了。"

直至今日，每次见到一飞，我总有一种回到刚上大学时的感觉，因为我总能想起这样一个场景：大一军训，休息间隙，教官让学生唱歌。一飞出列，为大家清唱张敬轩的《断点》。"我吻过你的脸，你双手曾在我的双肩。"我留意到，当唱到这一句的时候，一飞挺了挺厚实的胸膛，把气鼓得更足了一些——大概那时候他还保留着初吻。

一飞喜欢音乐，读大学的时候就学着作曲，偶尔会写一些歌送给他女朋友。当需要在宿舍录歌的时候，我和另外两个舍友一般都会主动回避。

2017 年 2 月，我的第一本书《唐宋诗会意》上市了，一飞下单买了一本，然后在微信朋友圈说："邹老师，你好！我是你的大学舍友，今天终于买到你的书了！"

在《唐宋诗会意》的附录上，我放了几首自己的诗作，其中有一首《寄北》，作于大学毕业的那年：

浮生何事有前因。聚散无心亦比邻。
二十年光回倦首，寻常世路转方轮。
不知岭外风尘客，曾觉江南石火身。
他日扁舟蓬岛上，当空可是旧星辰。

诗是寄给一位当时身处北方的朋友的，然而现在看来，这八句更像是对自己青春岁月的一个小结。我的大学有这一首诗，可以说是无憾了。

一飞读到了这首诗，心中触动，于是为它谱曲、编曲，并且自己唱了出来，发在了他做的个人公号上，并把链接发给了我。

我打开链接，单曲循环多遍，有泪盈眶。

愿我们的人生路上，碰到更多“有情人”。只要“有情人”在，悬在我们天空上面的，永远都是那些值得念想的旧星辰。

烟波路上休回首，浮世相逢只偶然

黯然销魂者，唯别而已矣。古人写离别，每多销魂句。现在交通方便，离别这件事已经不那么销魂了，人们可以时常见面，同时科技发展，语音、视频交流很方便。但是读到前人写离别的诗文，还是心脏一颤。

为什么？大概还是自然规律导致的。如果人们不是提前知道了自己终有一死，他们一定会认为，和亲友们离别之后，还会有大把的机会再见呢。

然而，对于世间的人来说，“相见”这件事，他们其实又没有那么看重。事实上，许多人即使没有遭遇生死这一不可抗力因素，他们分离之后，也往往不会见面了。比如，分手的恋人，普通的同学，工作场合遇到的人……都是如此。

那么，大学毕业季里的那些人，为什么会那么伤感？

2008 年夏天，我大学毕业，在走出校门之前，写下了这一首《毕业诗》：

一曲雍门听不眠。杨花流水共华年。
盘桓看尽牛山客，寥落期无雪夜船。
往事虚空笑谈外，别心梦寐酒垆边。
烟波路上休回首，浮世相逢只偶然。

这首诗忠实记录了我在毕业季的迷茫状态。“寥落期无雪夜船”是当时真切的想法：大家各谋生计，恐怕没有兴致相聚了。后来才发现，这并不符合情实，因为知交好友走出校门之后，肯定是能够相聚的。在大学时候玩得好的人，毕业之后一样可以玩得好。

在毕业季里，那些已经有了好去处的人，一般是不会伤感的。对于他们来说，憧憬未来都来不及呢，怎么会浪费力气去做这无用的事？

至于那些暂时没有确定好去处的人，面对亲友，有一种无形的压力，其实也是不能有太多离愁的。因为这时候令他们悲伤的，是不确定的未来。

弥漫于毕业季的离愁，其实有相当大一部分，是由那些不那么熟的同学激起的。

既然大学期间跟他们的关系都比较生疏，离别了又有什么好伤感的？兴许大家都隐约觉得，毕业之后，自己跟很多人极可能是“永别”了——在往后的日子里，大家不会互相想起，不会怀念，甚至忘了对方的名字。这样的关系，才是大学同学中的大多数啊。

其实初中、高中毕业，也是同样的情况。每个节点之后，我们都会跟一批人“永别”。只不过大学跟这几个阶段有所不同的是，这是一个前所未有的舒适区。

在大学的毕业季里，我们经常能看到，那些平时说话绵里藏针的人，在相遇的时候，都显得前所未有的良善。这种善意，他们或许在刚上大学的时候展现过，但是惊鸿一瞥，很快就消失在空气里。这也是正常的，没有什么不对。毕竟有人的地方就是江湖，只要在江湖，就有龃龉。

当你碰上一个不文明的舍友，当你遇到一个为拿奖学金可以各种作弊的人，当你遇到明里暗里诋毁你的人……你为什么需要对这些人有善意？

反过来看，如果你干了那些事，结果也是一样的：凭什么要求别人对你有善意？

工作之后，人们也常常会有离别的情况出现，比如辞职，就是职场常事之一。离职的人，有没有伤感惆怅？有，但很难说得上是离愁。

人之所以离职，无非是这几个原因：有更好的去处、有条件休息一段时间、已经无法忍受现在的工作。这几个原因，其实不会让人有太多的离愁。即使是在辞职之后，去了另一个城市乃至国度，只要不犯懒，也是可以相见的。

“知交半零落”的情形，在今天并不显得悲伤，因为这是人生常态——真正的知交，才不会整天腻在一起呢。白居易说的“往事渺茫都似梦，旧游零落半归泉”，才是真正值得伤感的事。

不过，在职场中的离人，依然会有感慨，甚至出现情绪低落的情况。背后的原因，可能还是跟大学毕业季的状态一样：当你是一个离人的时候，周围的环境会向你释放出更多的善意。这种善意，是世间加码赠送给你的，让你在许多个瞬间，突然觉得自己很重要。然而，它不是常态。

毕业季之所以让人印象深刻，跟这种短暂的善意密切相关。什么东西令人留恋？当然是短暂的繁荣。善意是非常奢侈的东西，可遇不可求。所以这种善意即使非常短暂，也是值得拥有的，因为它能够教会我们更加珍惜那些善待自己的人。

悔，是人生中可怕的一种东西

机缘巧合，我这些年的工作里，跟大学生有比较多的接触机会，承蒙错爱，偶尔会有一些本科生才俊，到了快毕业的关口，来问我是否应该读研究生的问题。

这是一个不大也不小的问题。

说不大，是因为如今读研的人越来越多，拥有一个硕士学位，往夸张点说是标配，不足以令人一惊一乍。

说不小，是因为许多人在读研之后，人生的路径跟本科相比，完全不同了，并且不少人本科毕业过得不如意，考了研究生之后，生活转而过得相当好。所以说，应不应该读研这件事，是需要慎重对待的。

其实，本科生朋友让我来回答是否读研这个问题，是问道于盲了，因为我并没有读过研究生，并没有资格去评价读研是否值当。

“资格”其实是一个很好的词，可惜被污名化太久。在一个失序的世界中，如果人们在做事情的时候，多一点注重“资格”二字，相信人群会美好一些。

一件事，你只有做到了，才能对它评头品足，不是最正常的逻辑吗？所以，我一般都会老实告诉这些朋友，我是给不了多少中肯意见的，只能从我自己有限的所知当中，提炼出一些可能有参考价值的内容来。

关于本科生是否读研究生，我的看法是：

> 如果你的家境过得去，父母的身体健康，容许你本科毕业三五年里经济不独立，那么你就可以去考研究生；如果不是这种情况，就要仔细考虑一下了。
>
> 若是出身于经济困难的家庭，还执意去追求学术理想，这种选择，不是不可以做，但恐怕会留下一生难以磨灭的悔咎——当家庭需要你的支持，而你帮不上忙的时候，悔咎就产生了。

《论语》记录了孔子跟学生子张说的一段话：

> 子张学干禄。子曰：“多闻阙疑，慎言其余，则寡尤。多见阙殆，慎行其余，则寡悔。言寡尤，行寡悔，禄在其中矣。”

圣贤说的话，总是简洁而直击要害。“言寡尤，行寡悔，禄在其中矣。”孔子的大意是，让自己的言行少一些悔恨，就是干禄之道。读研与不读研的问题，也不妨从这方面用心。

直接工作与读研的得失，一时难以遽尔断定，也因人而异。但如果读研可能引起的悔，要比直接工作来得多的话，那么应该选择哪一个路径，就是很清楚明白的事情了。

这种事，甚至不需要与父母商量，因为用处不大。试问天下有哪个父母，会忍心拂逆了子女继续深造的意愿呢？当子女们申述自己的心愿时，他们一般都是支持的。父母们想到的是，尽量多给子女们支持，并且不拖累子女。可怜天下父母心。

所以从某种方面说，在这些事情上，父母的意见，参考价值并不大，最终还是需要你估量家中的情况，然后自己作出取舍。

有一次，我侍陈沚斋先生坐。从容言语之间，我们谈起了李义山诗。我说，义山的诗，我最喜欢他的七绝。先生问我：喜欢哪些作品？我说，最喜欢的是《嫦娥》：

云母屏风烛影深。长河渐落晓星沉。
嫦娥应悔偷灵药，碧海青天夜夜心。

沚斋先生说：“这首诗最关键的字眼是‘悔’。人做错了事之后，心中常常有悔，然而悔的结果，往往不是帮人改正之前的错，而是将错就错，甚至是错上加错。”

先生这段话，令我心有戚戚焉。在我的印象中，悔，是人生中可怕的一种东西。过去三十二年当中，我做过一些错事，或是作出一些错误选择，事后回想，心中全是悔。这时候的心情，往往非常糟糕。王国维有一句诗：“人生过处唯存悔。”这种诗句，与其说作者的人生都是悔，毋宁说是在极言悔恨情绪对于人的冲击之大。

悔，又是不能完全消灭的一种东西。圣如孔子，也只是说：“行寡悔。”他告诉弟子，尽量让自己的行为少一点悔，而不是说争取做到无悔。先圣拈出“悔”字示教，目的是提醒后学应要时常内省。

现代人喜欢说“无悔”，正好见出人心之贪，以及内省精神的缺失。所以说，那些总是在社交网络上表现得大义凛然的人，其自身行为更值得注意，就是这个缘故。

《说苑》里有这样一段记载：

> 子路曰：“负重道远者，不择地而休；家贫亲老者，不择禄而仕。昔者（仲）由事二亲之时，常食藜藿之实而为亲负米百里之外。亲没之后，南游于楚，从车百乘，积粟万钟，累茵而坐，列鼎而食，愿食藜藿为亲负米之时不可复得也。枯鱼衔索，几何不蠹。二亲之寿，忽如

过隙。草木欲长，霜露不使，贤者欲养，二亲不待，故曰：家贫亲老，不择禄而仕也。”

子路是仲由的字，他与子张都是孔门高足，这段话句句是锥心之言。“家贫亲老，不择禄而仕”这句话，同样值得临近毕业的大学生朋友倾听。这句话的意思是，如果你的家庭贫困、亲人老病，那么你就应该要出仕，并且不要“择禄”。

根据《论语》里的精神，子路说的“不择禄”，可能有这两层意思：

一、不要太计较工作的类型。参看孔子的“吾少也贱，故多能鄙事”一语。

二、不要太计较眼前的薪水。参看孔子的“事君，敬其事而后其食”一语。

子路年少的时候，家境不算太好，他经常需要到很远的地方背米回家以奉养父母。这就是“负米”典故的由来。后来，子路的父母去世了。子路经过自己的努力，取得了很好的生活条件，然而这时候想要更好地侍奉父母，却永远也不可能了。

从这段话里可以看到，子路应该是有悔的，他可能后悔自己出仕得不早，以致没有很好地奉养父母。子欲养而亲不待，这种内心的痛感，不是任何事业上的成就能够弥补的。

我相信，这些故事或视角，不只是对思考读研与否的朋友有用。

人生天地间，忽如远行客

夜深人静的时候，我往往喜欢剃了胡子之后再睡觉。这是我保持了多年的习惯，其实并无补于睡眠，而且往往在刮干净胡子、刷了牙之后，肚子都会突然觉得有点饿。

然后就想起了宵夜的味道。在我的味觉记忆中，宵夜的味道，麻叶占据了非常重要的一席。这是一道潮汕菜，通常只有夏秋两季才有。我不是潮汕人，但在我读的大学，据不可靠的目测统计，应该有三分之一的学生是潮汕人。于是，我就有了一些潮汕朋友，接着就吃到了一些潮汕菜。麻叶就是其中之一。

我第一次吃麻叶，是在广州大学城的北亭村。这个村落现在略显萧条，然而在我上大学的时候，那里是学生的欢乐天堂。当时村里最兴盛的两个行业是：饮食，住宿。那里有一家潮汕菜馆，我吃到了人生中的第一盘麻叶。

我不怕味苦的东西，喜欢吃苦瓜，不喜欢甜食，更不喜欢又酸又甜的菜。麻叶这种菜很有嚼劲，味道微苦，合我胃口。自那以后，麻叶就成了我最喜欢的潮汕菜，直到现在，我每到潮汕菜馆，只要时令合适，必点麻叶。

微苦，似乎也是青春的味道。不知道这是否也是中年的味道？

广东人喜欢宵夜。宵夜，免不了喝点酒。李义山诗说："纵使有花兼有月，可堪无酒更无人。"在我的大学时代，好像没有花月，但酒和人是不缺的。那时，有喝不完的酒，读不完的书，以及不少以为可以交往一辈子的朋友。

人到中年，不缺酒，但是缺人。每当我想去吃宵夜的时候，便苦于无人共行。同一个小区的朋友，是最佳的宵夜伙伴，可是总不能每次都叫他们，一来他们有各自的家庭，二来久了大家也觉得无趣。

渐渐地，我戒了宵夜。饶是如此，身体仍是不可阻遏地发起福来，终于长成了一个中年人的样子。本质的原因是，年纪增大，新陈代谢功能减弱，肥胖就随之而来。

时光的流逝，是最可怕的一件事情。

《古诗十九首》里，几乎每一首都跟流逝的时光紧密相关，我最喜欢这一首：

> 青青陵上柏，磊磊涧中石。人生天地间，忽如远行客。斗酒相娱乐，聊厚不为薄。驱车策驽马，游戏宛

与洛。洛中何郁郁，冠带自相索。长衢罗夹巷，王侯多第宅。两宫遥相望，双阙百余尺。极宴娱心意，戚戚何所迫。

“人生天地间，忽如远行客。”多么动人心魄。

2007年的冬天，我写了这首《丁亥岁暮重过南阳寓所》：

梦旅邯郸悄到今。经年答飒感消沉。
当门童叟无由见，走壁龙蛇尚可寻。
阮子竹林前度意，黄公酒肆再来心。
萧疏菡萏池边路，霜冷残花靴辙深。

诗里的“南阳寓所”是我临时起的一个地名，源于我高三读的学校名字：广东省阳山县南阳中学。在高三那年，我和四名同学好友因为不想住学校的宿舍，就结伴在学校正门的马路对面租了一套房，过了非常愉快的一年，我把这个地方叫作南阳寓所。

高中毕业之后，我和室友们天各一方。2007年，我读大四，偶尔回了一次老家，特地去看了南阳寓所，到广州后写了这首诗。至今很清晰地记得，动笔的时候，“人生天地间，忽如远行客”这两句反复盘旋在脑袋里。

重访南阳寓所的时候，只见楼房的外壁上，我当年的涂鸦痕迹还在，然而以前经常出现在门口的老人和小孩，已经没有踪迹了。于是，就有了诗的第二联："当门童叟无由见，走壁龙蛇尚可寻。"

"阮子竹林前度意，黄公酒肆再来心"一联，用了《晋书》里的这个故事：

> （王戎）尝经黄公酒垆下过，顾谓后车客曰："吾昔与嵇叔夜、阮嗣宗酣畅于此，竹林之游亦预其末。自嵇、阮云亡，吾便为时之所羁绁。今日视之虽近，邈若山河。"

旧游零落的感觉，就与王戎一样，有不知今夕何夕之感。

现在回头想，二十二岁的我写下这首诗，不免有些强说愁的味道。那时虽然有感慨，但并不像王戎那样，拥有人事代谢之经历。数年之后，那些经历齐备于我的身上，然而每当故地重游的时候，却没有了兴慨的心情，而是出奇地平静。我心里清楚，这并不是自己成熟了，而且与以前相比，生命力量有所减弱，因此开启了一种自我保护机制——麻木，就是成本最低的一种自我保护方式。

我容易伤感。有那么一段时间，相当为自己的这个特质感到羞耻。后来渐渐发现，身边那些最要好的师友，多是这种类型的人。《周易》说："方以类聚，物以群分。"那一刻，我忽然有些豁然。

听说天地非常大，然而每个人都只能选取一种活法。当选取同一种活法的人相遇时，会有着奇妙的反应发生。

我在《南方人物周刊》做记者的时候，常与一些实习同学交流，谈到职业选择时，我一般会建议他们不要做记者。后来，我察觉这个做法只是沿用了一些同行的意见，并非自己真实的态度，于是渐渐地作出了改变。

我的真实态度是：无论做哪一行，都不妨多些记录自己的生命痕迹，而对于我们这些人来说，写作，就是上佳的记痕方式。

如今，每遇喜欢写作的少年朋友，我都鼓励他们多写一些文字。至于做不做记者这个职业，则取决于他们各自的时命，不劳我赘言。

时间吞噬每一个人，都是不动声色的。而我们，不应该不动声色地被吞噬。

不粘不脱

2015年秋天，喜欢写书法的南方报社前同事黄俊海先生，送了一幅字给我，这幅字很长，目测至少有一米七，文字内容是我以前写的一首诗。

面对朋友如此盛意，岂能无诗？于是，我写了一首七绝，回赠给他：

我自北来君自东。偶然相笑海尘中。
却看一纸光满屋，秦月胆知今古同。

第一句是说我来自粤北，黄先生来自粤东。次句“海尘”即沧海扬尘，是世事变迁之典，古人常用。第三句说他的书法作品。最后一句化自龚自珍的《己亥杂诗》：

不是逢人苦誉君。亦狂亦侠亦温文。

照人胆似秦时月，送我情如岭上云。

我的诗写出之后，自己甚为满意，随后拜谒陈沚斋先生的时候，便把这首诗带上，奉呈先生左右以求批评。

陈先生读了之后，笑着对我说：“这首诗不好，因为写对方太多，写自己太少。写应酬诗，最好不要有太浓的应酬味道，内容跟别人有一点相关就可以了，还是要以写自己为主。以前朱庸斋先生（陈先生的师长，已故岭南词家）告诉我，写咏物诗，贵能‘不粘、不脱’。不粘，就是不要句句都贴着题目写；不脱，就是不要离题。其实不止咏物诗要这样，有题目的诗要想写得好，都需要做到‘不粘不脱’。”

这真是醍醐灌顶之言。后来发现，“不粘不脱”这个观点，在陈先生的《江西派诗选注》（中山大学出版社 1985 年出版）一书里，开篇谈论第一首诗的时候（黄庭坚《和答钱穆父咏猩猩毛笔》），就已经提到。这本书我看过一遍，却对此说毫无印象，不由感叹当时读书的粗心，以及机缘的重要性。

我这首自以为不错的诗，如果只看文辞，是没有什么问题的，但从整体看，它确实过于“粘”题，不够“脱”，味道不免欠缺了一些。

陈先生之言，也是历代饱学之士的真知灼见。推其所本，应该是孔子的这一句话：“古之学者为己，今之学者为人。”诗是“为己”之学，如果在“为人”方面着思太多，就远离了诗性。

苏轼有一首题为《书鄢陵王主簿所画折枝二首》（其一）的诗，与陈先生的这番话，可谓消息相通：

论画以形似，见与儿童邻。
赋诗必此诗，定非知诗人。
诗画本一律，天工与清新。
边鸾雀写生，赵昌花传神。
何如此两幅，疏淡含精匀。
谁言一点红，解寄无边春。

事情是这样的：有人画了一些画，请苏轼题诗，苏轼欣然运笔，遂有此作。诗中的边鸾，是唐朝的画家，画的鸟栩栩如生；赵昌是宋朝画家，擅长画花。不过，苏轼说，这两个人的画，都不如这位朋友的画，因为他只用了寥寥几笔，就把无尽的春意画出来了。

苏轼这首诗，自然是称赞画师的，不过它能够被后人记取，跟画作本身的关系不大，里面的“赋诗必此诗，定非知诗人”，是全诗精神所在。可以说，这首诗能够传世，最大的功臣是这两句。两句所推尚的，也是脱开几步去说，不要总是把心思粘着题目或题材。

不粘不脱，不仅是写诗作文的一个法门，亦有助于解诗与论诗。

具体来说，人们的“粘”病，其实要多于“脱”病。比如一些笺注家解读李商隐的诗，动辄联想到牛李党争，有些判断自然是合情理的，但煞风景的解读也不在少数，容易灭了读者的兴趣。笺注家本应是诗家的功臣，有时却成了诗家的罪人，事与愿违，岂不悲哉。

又比如，宋代的诗话，总体还是挺好看的，它们最大的特点，是生机蓬勃。随着时代的推移，诗话愈来愈多，但同时也愈来愈不好看了，所病大概不外乎一个“粘”字。这些著作，与诗粘得太紧，反倒损了诗味。至于那些构建严密理论体系的论著，就更是如此了。

一粘一脱，真是妙说，兴味无穷。其实，何止是在写诗解诗时需要注目于此呢。

文字有价

2017 年夏天，有一位读者朋友通过我的微信公号，给我汇来了 42.80 元，同时向我留言：

> 京东有个免费阅读的机会，挑了《唐宋诗会意》，读完觉得应付足书款向作者致意。另外，邹兄的吟诵是我听过最好的吟诵。

42.80 这个数字，正是拙著《唐宋诗会意》的定价。

我很感动。毫无疑问，这位读者是一个义人，我们交朋友，就应该交这样的人。世间之事，贵在“先难后获”。不经一番付出，难以说得上是真切有得。一切真本事，都应该是有价的。要得到一件好产品、一份好服务，你必须付出相应的酬劳，这点大家都没有异议。

但是，要得到一本书，或是要学到一项本领，你也需要付出相应的酬劳——这一点，就不是人人都这样想的了。比如，我的新书出版之后，偶尔会有些朋友问：几时送我一本呀？

遇到这种声音，千万不要以为朋友想读你的书，因为真实的情况是：

> 第一，他对你写的这本书没有兴趣，现在愿意去了解，只不过因为你们是朋友，这已经是给你面子了。
>
> 第二，你送一本书给他，他觉得开心了，也许会恩赐几分钟给你，去翻一下你的书。

所以，每当碰到要我送书的朋友，我一般都不会送，因为知道他们不会看，所以就不要浪费别人家的空间了。

与此同时，我向出版社买了一批书，囤在家里，遇到那些喜欢看我的文字、又不开口要我赠书的朋友，我都尽量题签一本送给他们，直到送完为止。这一批书，同样数量不多。在这种情况下，当然不可能顾及每一位友人，所以只能跟一部分朋友说声抱歉了，你们没有收到书，很可能只是因为我的存书不足。

是的，作者也是要向出版社买书的。出版社给我的样书不多，我的样书早就送出去了，其余的都要另行购买。

就我自己而言，碰到朋友出书，如果题材是我感兴趣的，我会直接在网上购买一本，然后请作者题签。这个做法，绝对算不上高尚。我这样做的理由很简单：朋友出书，难道自己不应该买一本支持一下吗？

我认为，不主动开口要求作者赠书，是现代生活里的一种基本礼貌。遗憾的是，在不少人的眼中，朋友是可以不被尊重，是可以失礼的。为什么？——因为我们是朋友啊，打你、骂你、调戏你、狎玩你、让你白干活，都是说明哥俩好啊，看得起你才对你这样啊，怎么你就不高兴了呢？

于是在生活中，我就不时会遇到这种声音：

> 嗨，能否帮我——写一副对联？写一篇墓志铭？写一首诗？
>
> 哎呀，我太喜欢你们杂志了，以后能不能每期给我寄本？

听到这些话，我往往是微笑着，看他们接下来的说法。没有例外，他们都不会提报酬的问题。他们的脸上，分明写着这样一句话：什么？咱们是朋友，这也要收费？

说起交情，白居易和元稹的交情深到什么地步？元稹写有一首《得乐天书》：

> 远信入门先有泪，妻惊女哭问何如。

寻常不省曾如此，应是江州司马书。

此诗从最日常的生活中，写出了元白之间惊心动魄的友情。然而，即使是如此要好的朋友，当涉及劳动对方写文字的时候，仍然讲究谢礼的。

据白居易的《修香山寺记》载，元稹临终前，嘱托白居易为自己写墓志铭，白居易写了，元稹家人事后酬谢了白居易一批礼物，价值约六七十万钱，白居易推辞不受，然而元稹的家人坚决要给。白居易拗不过，就收下了这批礼物，然后用于捐修香山寺。

友情固然不能以金钱物质来衡量，元稹家人之所以能给白居易如此厚重的礼物，是因为他们家给得起。在这个行为里，最重要的是这样一个理念：无论元白二人的交情如何，元家的人都没有让白居易白写一篇文章之理。

曾经有一位朋友，想请我为他的亲友写一篇墓志铭。我想了想，向他开了一个我不能拒绝的价格。朋友一下子没反应过来，天南海北扯了一大通，大意是："我想要的这篇文字，是很简单的，不需要太长，就像你以前为某某写的那篇，这应该不会花费太多的工夫……"

我明白他的意思，他是在说："这些东西，你以前不是偶尔会给其他的朋友写吗，也没见你收费啊！"

我没有向他解释太多，只是跟他说："我学会写这些东西，花了许多年的工夫，我认为它值这个价；你找到我干这个，说明你认可我，我很开心，谢谢你的垂青；不过，如果你认为我不应该收费，或是觉得我开的价不合理，那只能说明，在你眼中，我这些文字的价值并不是很高，那么你似乎不必请我来写，建议你另请高明。”

朋友无言而退。

我理解他的难处，但也很明白自己的力不从心。近年来，朋友或熟人请我写诗、写对联、写碑铭这种事，是越来越多了。每当遇到这种需求，我都很少拒绝，也几乎从来不收报酬。这仅仅是因为，朋友确实需要我的帮助，而这件事只是一点小忙，对于我来说又是举手之劳，为什么不呢？我这一路，也是受许多朋友的帮助走过来的，我不会忘记这点。

但是对于那些天然认为你就应该无偿为朋友提供劳动成果的人，我不会忘记提醒他们：阁下想要的东西，是有价的。

我也知道，在一个人人都想占点什么便宜的世道里，我的这种想法，有点不合时宜。但我更知道，“尊重别人的劳动成果”，如此简单的一个诉求，我们不应该羞于提出。这是因为，有了相互尊重，才有交往；有了交往，才有朋友。

读书琐记

不经意的讲究

李白《侠客行》的诗句“事了拂衣去，深藏身与名”，人们在引用的时候，往往将第二句写成了“深藏功与名”，这自然是错的，原因是从文献上看，历代的版本并没有“深藏功与名”一说。另外，从意思上看，“身与名”与“功与名”虽然仅仅是一字之差，却有着很大的分别。

身与名，是可以对举的一对概念，《老子》说：“名与身孰亲，身与货孰多。”而功和名，则多少有点雷同的意思。写过诗的朋友就知道，诗是一种极其“经济”的文体，讲究的是尽量不要浪费一些字位，即使没有字数限制的古体诗亦是如此。李白写诗有不少粗率之处，但不至于如此不讲究。

古人写诗，往往在一些看似不经意之处，也花费了不少心思。比如白居易《琵琶行》一诗的这个片段：

移船相近邀相见。添酒回灯重开宴。
千呼万唤始出来，犹抱琵琶半遮面。
转轴拨弦三两声。未成曲调先有情。
弦弦掩抑声声思。似诉平生不得志。
低眉信手续续弹，说尽心中无限事。

在这段经典描述里，总共出现了三个韵部，“见、宴、面”三个字“平水韵”去声十七霰韵，“声、情”在下平八庚韵，“思、志、事”在去声四寘韵——“思”字平仄两读，这里是“悲”的意思，读 sì，情况同于“一弦一柱思华年”。

其中，“转轴拨弦三两声，未成曲调先有情”只用了下平八庚的两个字做韵脚，然后马上就换韵了。这两句写琵琶女调试乐器，过程很短，所以诗人很快就换韵，进而描述琵琶女的乐曲去了。众所周知，白居易诗的一个特征是“好读”，然而即使在这么“好读”的诗里，也有很多细微的讲究之处。

你的喜怒哀乐，没有自己想象中那么重要

很少人知道，王安石的诗句“春风又绿江南岸”，还

有一个版本是“春风自绿江南岸”（清绮斋刊本）。窃以为，“自”比“又”好。世界兀自流转，你的喜怒哀乐，远远没有你以为的那么重要，这就是真相。

根据宋人王铚《默记》的记载，王安石在科举考试时，本来是状元，因为答卷中的一句话，惹得宋仁宗不高兴，把状元丢了。这时候，第二和第三名得主都有官职在身，按当时规定不能做状元，于是宋廷把第四名的杨寘，和王安石对调。就这样，王安石连第二、第三名都丢了。

这个事故，成就了杨寘“连中三元”的科举传奇。然而更令人惊奇的是，王安石生平，绝口不提曾经考中状元一事，如此襟抱，宜其名震后世——今天，还有几个人记得杨寘？

读书路上危害最大的，是被大言欺世的人牵着鼻子走

我完整读过两遍《史记》，不敢谓有得，亦知对于这种经典，只要是大学或以上程度，就尽量不要读简体字版本，这应该是常识。原因很简单，连繁体字都不去学着辨认，就不必去读《史记》了。这道理就跟学写古典诗歌一样，如果连基本的格律关都没有过，就没有必要去学写。毕竟，世界那么大，人有那么多的读写选择，何苦如此浪掷自己的心力呢？

中华书局繁体竖排点校本《史记》，是入手读此书的首选版本，最经典的三家注不解释，修订版不仅有新的校勘，且整体品相非常好。

在此之外，还可以看《史记会注考证》，此书在疏通文义方面颇有胜处，是对三家注很好的补充。比如《六国年表》说："论秦之德义，不如鲁卫之暴戾者。"对于这段正文，三家注未作注释，《会注》则指出，此句极写秦之暴戾，文法同于《论语》的"夷狄之有君，不如诸夏之亡也"。这种注解是非常精当的。

有人说："应该要用影印百衲本《史记》啊。"好的，这个版本确实好，同时影印本也比点校本有许多优胜处。不过，如果给这个建议的人，自身入手读《史记》的时候就是采用影印百衲本的话，那么这个建议可信。如果不是如此，那就是大言欺世。

关于读书入门的问题，民国学人裘毓麟曾如此论述：

> 大抵文人好名而性复诡诈，其对于后进钦风慕名而向之请益者，则必广举艰深宏博之书多种以告，又复恍惚其词，玄之又玄，令人无从捉摸，其实彼所举之书，或仅知其书名，或得其梗概于书目提要中，其书固未曾入目也；或涉猎之而未得其大意，犹之未读也。然在初学，震其高论，贸然从之；始为好名喜功之心所歆动，

尚能振奋一时；迨钻研不入，久无所得，锐气一消，颓然废学，犹以为彼自高明，我则昏昧，无由趋步，不知被其所欺，误尽一生而不自知也。又凡人治一种学问，其入手之处，大抵得力于浅近之书，惟因其浅近，往往近俗，每为通人所不屑道。故在好名之人，虽最初得力于浅近之书，往往终身讳莫如深，虽亲友亦不轻泄，设有人问入手方法，则决不肯告人以己最初所读之得力者，必别举一艰深之书，听者不察而深信之，始则扞格不入，终则望洋生叹，终亦必至甘于自暴自弃而已。（摘自钱基博《十年来之国学商兑》一文对裘毓麟思想的述介，该文收录于《近百年湖南学风》一书，中国人民大学出版社，2004 年 9 月第 1 版，343-344 页）

此论甚是。在读书之路上，危害最大的，不是最初选择的书籍版本不好，而是被大言欺世的人牵着鼻子走，造成精力的巨大浪费，甚者还会导致兴趣磨灭。

金庸不朽

2018 年 10 月 30 日，金庸先生去世。

消息公布的那几天，全网悼念。当时我不觉得有什么，毕竟心里认定自己是“存亡惯见浑无泪”了，而且金庸先生年事已高，也算是寿终正寝。几天之后，我心念一动，打开《倚天屠龙记》，重读了一遍。看完之后，一阵无边的怅惘感，汹涌而来。

那几天里，看着网上各种对金庸武侠小说的讨论，想起自己少年时代读金庸时的感觉，感触万分，就为先生写了副挽联：

世疑风定，孤棹无端畏乡国；
笔落云归，众生有梦濯尘襟。

上联说金庸先生早年的去国怀乡，下联说他的作品就像是一个个精彩的梦，让世人沉浸其中，得以暂洗俗尘。

我第一次系统读金庸小说是在 1999 年，其时读初中二年级，一天早上，父亲叫我起床，约我去逛县城的新华书店，当天为我买了几百元的书，在这当时来说不是小数目，其中有一部书就是三联版《神雕侠侣》，定价七十多元。

武侠小说一向被视为闲书，此前我看过一些，被老师责备，家里人也不支持，怕我上瘾，当时的确也有一些青年，沉迷于读武侠小说而荒废了学业。那天在县城书店里，看着柜台上的《神雕》，我迟疑了很久，最终还是鼓起勇气去征求父亲的意见，购买这部书。不料父亲听了我的意愿，没有一丝犹豫的神色，马上让服务员把书取了下来。

回想起父亲生平，他都是以这样的形式表达对我的爱意，如今他已撒手人寰，近年我回想起那些无以为报的恩义，心中隐痛，那时总有一个念头闪过：如果人生能够重来，我希望父亲可以对我不那么好一些。

看完《神雕》之后，我用自己的压岁钱买了《射雕英雄传》和《雪山飞狐》，然后就是读他的其余著作。我的中学阶段，是在金庸、古龙作品的浸润里度过的。读金庸小说最直接的一个感受，就是他无时不在努力雅化白话文，他的文字耐读，正缘于此。当我碰到那些典雅而生僻的词，都会耐着性子去查，并把它们用在考场作文当中。在高考中，我的语文基本上没有花什么精力复习，就拿到了所有科目中的最高分，能够做到这一点，金庸小说功莫大焉。

当然了，这些都是次要的，因为更加重要的是，我第一次深切感受到古典中国的美，以及知道大人君子的气象，就是从金庸小说得来的。

尽管如此，在我的青春期里，还是喜欢古龙多一些。那时自己也写一些小说，多是模仿古龙的笔调。古龙擅写寂寥之境，这点在《英雄无泪》一书里，有着淋漓尽致的展现。我非常喜欢这种味道。唐人马戴有诗句“落叶他乡树，寒灯独夜人”，有人说这是晚唐衰颓气息作用于诗里的表现，我并不以为然，因为在自己年纪还不是很大的时候，就若有若无地感觉到，这种冷清之境，很可能才是人生的真实味道。在古龙的书中，这种冷清的感觉无处不在，可以说是对极了我的胃口。

但读归读，写归写。少年下笔就追摹寂寥之境，无疑是画虎刻鹄。有一天，我看到了苏轼对他侄子说的话：“大凡为文，当使气象峥嵘，五色绚烂，渐老渐熟，乃造平淡。”突然想起了自己写的“武侠小说”，一惊之下，就停写了。

随着年纪增大，愈来愈觉得金庸了不起。金庸小说的笔势，与苏轼那番话更贴近一些，他的作品往往很热闹，人物接踵而至，现场感很强，令人目不暇接——这是苏轼说的气象峥嵘；但在这种喧哗当中，又往往孕育着极大的寂寥，且越到金庸的创作后期，这种寂寥感就越浓郁，写尽“拔剑四顾心茫然”之感——此亦符合苏轼所说的造于平淡。

至于古龙的代表作里，那个寂寥调子是贯穿始终的，往往少了一个由绚烂到平淡的推进过程。这当然不足以成为古龙之病。学金者生、似金者死，这是多数武侠小说作者的命运。古龙早期写的武侠小说，已经模仿了金庸不少，如果他一直这样做，“古龙”这个名字就不会为我们知悉了。

大凡小说的走向，多以寂寥收场，这不出奇，但金庸小说里的寂寥，却是透骨冰凉的，例如他描写以众暴寡的情景，写当事人的孤独彷徨，极其动人，精彩程度丝毫不逊色于他写爱情或侠举。在这个小切片里，我似乎窥见了金庸小说能够长盛不衰的一个奥秘：“江湖”二字，并不意味着自由，因为在江湖之中，到处都有秩序，人在江湖，往往难逃两个宿命——当我们弱小的时候，会被各种无形而强大的秩序压迫，我们或惶惧，或愤怒，或反抗无果而彻底颓丧；当我们逐渐强壮的时候，却悄悄成了新秩序的主持者，不自觉地压迫别人，我们或麻木，或窃喜，或偶尔迸出悲悯的火花。

无论秩序内还是秩序外，我们既有不安，也有厌倦。在这块大地上，众生栖栖遑遑。

自由散漫，这是金庸的一个自我形容，他曾在读中学与大学的时候，因为对当局表达不同意见而遭到开除。这其实已经不是自由散漫那么简单了，而分明就是豪杰做派——践行自己认定的道理，连学位都不要了，不是豪杰是什么？

这很好地解释了他为何以后能够做出一番大事业，因为我们很难想象，一个害怕被学校处分的学生，能够深刻影响世道人心。

时移世易，金庸从一个遭到放弃的学生，成为明报集团里的强力者，更是引领时代潮流的作家，中间究竟经历了多少辛酸与痛苦，我们其实所知甚少。历史在发生之时就有许多迷雾，知人论世，在什么时候都不曾容易过。不过，我们能够清晰看到的是，他始终带着关切的神情，去描绘笔下那个世界，在《天龙八部》里，这种关切达到顶峰，书中人物，角色无分轻重，都注入了他的爱惜之情。

金庸作品在世间的影响，如果用“倾倒众生”四个字来概括，一点也不为过。作品畅销一个时代，或许还不算是伟绩，但数十年如一日地被那么多人喜爱，则是极其宝贵的事情。动摇人心易，滋润人心难。因为动摇人心的作品，可能是因应了一时的需求而生；但要滋润人心，则作者非要有绝高的天分不可，同时还要有极佳的际遇，这两点金庸都具备了。

民国时期，武侠小说风行一时，但在金庸写武侠的那个时代，大家已经不那么关注民国那些作品了。金庸在 1972 年封笔，至今接近五十年，风气不断变换，但人们仍在读他的小说，仍津津乐道他笔下的人物，这种盛景，勿说是民国武侠小说作者，即便在绝大多数畅销书作家里，亦是不会有的。可见金庸的小说，早就越出了“武侠”“通俗”这些范畴，必将传到更深远的时代去。

许多人盛赞金庸的博学，尤其是赞颂他古典文学修养高。这其实是把力气用错了地方。至少就诗词方面来看，金庸是功力不足的。《天龙八部》的回目，据说连起来是几首词，其中有一首被许多读者艳称的《苏幕遮》（向来痴，从此醉），就有多个地方不合词律。香港回归十周年的时候，金庸写了一篇《香港赋》，连韵都没有，就赋而论，可以说是相当糟糕了。然而这都不打紧，因为金庸小说的价值不在这些地方。小说不是诗词别集，亦非学问文章，判断小说的好坏，应是里面的人物故事能否感人。在这一点上，金庸小说有着顶级的表现。

由于众所周知的原因，古典中国与现代中国，存在着巨大的鸿沟。今天我们要了解古典中国，有两个途径是比较便捷的，一是优美的文辞，二是动人的故事。古诗文属于前者，武侠小说属于后者。

正如金庸自己说的，武侠小说的关键点不在武而在侠。这个“侠”字，包含了大方、刚正、忠厚等意味。金庸讲侠义精神，实质是导人往宽处行，不要往窄处走。古贤称举的大人君子品格，想来亦不异于是。

在现实世界当中，侠义之人最终能否得到好报？这个问题的答案，相信见过无数世面的金庸，自然比我们更加清楚。

其实司马迁在《伯夷列传》里，已经讲得非常透彻了：从前有一个大盗名叫“跖”，此人聚集党羽横行天下，无恶不作，高寿而终。

所以，与其说金庸小说是在描绘一种美好愿景，毋宁说他是在谈论一种应然，就像他在《月云》这篇带有自传性质的散文里说的：“他总是觉得，不应当欺压弱小，使得人家没有反抗能力而忍受极大的痛苦，所以他写武侠小说。他正在写的时候，以后重读自己作品的时候，常常为书中人物的不幸而流泪。”

为笔下的人物流泪，这个举动司马迁早已有之。在《史记·屈原贾生列传》里，司马迁说：“余读《离骚》《天问》《招魂》《哀郢》，悲其志。适长沙，观屈原所自沉渊，未尝不垂涕，想见其为人。”

在作品里强调某些应然，从来都不是一件讨好的事情。好在时间是残酷的，同时也是公正的，历史既然记住了司马迁，那么也应该会记住金庸，虽然他们做的事情不一样，但他们无疑有这个共同的诉求：人不能不讲求某些应然，否则将会一溃千里。

只要我们仍然会在这个世界上感到孤独与彷徨，只要我们仍然希望把“人”字写得大一点，那么侠义精神就不会过时，只不过随着时代的进展，它的表现形式会有所不同罢了。

金庸不朽。

看哪，那些不知道该往哪里去的人

可以这样说，在当今健在的汉语作者里，论及作品影响人心的广度和深度，应该无人能出金庸先生之右。

这至少可以说明，金庸对人性有深刻的洞见。在小说中，他刻画人物的各种小心思，譬如男女争风吃醋时的心理活动，可谓细致入微，极其精彩。与金庸相比，许多自诩为严肃文学创作的人，在这方面实在差得太远。

若是单纯从写作的角度看，金庸的文字也许有各种不足，譬如行文拖沓，有失洁净。然而，这都不妨碍他受到读者的热烈追捧，就是因为他这种深切把握人性的能力。

孟子说孔子是“圣之时者”，套用一下这个表述，我觉得金庸先生是“士之时者”，能够“师古”，更能“随时”。

他生长于江浙，这个地方济济多士，“士人”二字可视为他的底色，正是因为这种底色，淑世就成了他下意识里要去做的一件事。在处理与当路者的关系时，他也做得非常得体。要勇气有勇气，要智慧有智慧，闪耀出古君子之风。金庸晚年，致力于学术撰述，似乎不以武侠小说为意，还引起一些研究者的不满。我相信这并非他故作姿态，而是在他的认知里，相比于写小说，学术著作更应该被视为立言，这也是江南士人这个背景对他的影响。

但学术著作在时间上的穿透力，就一定能比得上文学著作吗？这个问题，自然是没有标准答案的，但是在金庸身上我们能确定的是，以后人们最能够记住的，肯定是他的小说。

金庸小说打动我的地方有很多，比如《神雕侠侣》第七回里对杨过的这个描述：

> 这一晚他又怎睡得安稳？只要听到山间风声响动，或是虫鸣斗起，都疑心是小龙女回来了，一骨碌爬起身来，大叫："姑姑！"出去迎接，每次总是凄然失望。到后来索性不睡了，奔上山巅，睁大了眼四下眺望，直望到天色大亮，惟见云生谷底，雾迷峰巅，天地茫茫，就只他杨过一人而已。

这段叙述的背景是这样的：欧阳锋要给杨过传授武学，担心小龙女偷听，于是点了小龙女的穴道，甄志丙（原版是尹志平）乘机玷污了小龙女；事后，小龙女误以为是杨过做的，内心认定自己是杨过的妻子，但杨过不知，依然认她为师父，小龙女伤心离去；还没等杨过反应过来，欧阳锋精神病再度发作，也飘然离去……

突然之间，广阔的天地里，不知自己是否做了什么错事的杨过，孤身一人，彷徨打转。

2008 年夏天，我大学毕业，走出校门的时候，没有来由地想起了《神雕侠侣》里的这个片段。那时我也觉得，天地宏阔，却不知往哪里去。

待得阅历稍丰，我发现这种茫然感并不只是金庸小说中才有，而是存在于大量的诗人身上。我把这种茫然状态称为“猖狂病”——这里说的猖狂，跟通行意义里的狂妄不是一回事。《庄子》有这样一句话：“猖狂，不知所往。”在这个叙述中，“猖狂”一词在字面上的意思是：不知道该往哪里去。

古代中国最有名的猖狂病患者，恐怕非阮籍莫属。众所周知，阮籍是三国时期魏国的著名士人。更加众所周知的是，曹魏篡汉之后没有多少年，大权就逐渐旁落司马氏的手中。马上又要改朝换代了，就像今天的公司换了老总一样，免不了又要经历一番人事方面的动荡。

然而阮籍不是一个见风使舵的人。他心里认同曹魏政权，对于真正掌握大权的司马氏，他表面上不与之作对，但在内心深处，他是不认可那些人的。至于司马集团，他们当然知道有很多人不服自己，于是逐步对这些人一一铲除——阮籍的好友嵇康，后来就死于司马集团的刀下。

在这样的局势下，阮籍没有遭到杀身之祸，并不是因为他幸运，而是因为他有智慧。天下大势已经掌控在司马家手里，以一人之力公然反对他们，无疑是以卵击石，甚至危及亲友。但另一方面，阮籍又不甘心为司马集团利用，如果那样的话，他会瞧不起自己。

换了别人，遇到这样的时势，或许会这样说服自己：跟曹魏是合作，跟司马氏也是合作，何苦太过为难自己？但阮籍不是这样认为的，而是选择与对方虚与委蛇。我倾向于认为，在阮籍的内心里，未必对昏庸的曹魏政权那么敬重，但与曹魏相比，司马集团的所作所为更加让他不喜欢。

有一次，魏国发生了一个恶性事件，有个人杀害了自己的母亲，被官府抓了起来。阮籍知道了这个新闻，叹息说："这个人如果杀父就好了，杀母确实不能原谅。"他说这话的时候，身边都是一些国家政要，包括司马集团的头目司马昭，大家惊愕之下，问阮籍何出此言。阮籍说："禽兽只知道自己的母亲、不知道父亲。杀父亲，是禽兽行为。杀母亲，则是连禽兽都不如了。"此语一出，人们都佩服阮籍的口才。

其实，与其说阮籍在这个场合展现了口才，还不如说他是调戏了身边的司马昭。我们很难想象，如果司马昭是一个令阮籍敬重的人，他会这样说话。

但是现实的情况，就是这么残酷：你不喜欢的人，事业偏偏越做越大。司马家逐渐取代曹家，主宰这个国家的命运。

于是，在日常的生活中，阮籍表现出了一副放浪不羁的样子：经常纵酒狂欢，发表一些藐视礼教的言论；邻居的美女死了，他直接跑去人家的灵堂痛哭凭吊，然而他跟美女的亲属并不熟；在他家的附近，有一个酒馆，老板娘长得非常漂亮，阮籍经常去那里买酒喝，往往把自己灌得大醉，然后在酒垆边倒头就睡，就连女主人的丈夫见到这个情景，也丝毫不以为意。

这些放浪形骸的行为，恰好证明阮籍是一个骨子里有精神洁癖的人。他能够这样做，恰好是对自己的道德水平，有着极端的自信，知道自己无论如何，都会守住道德底线。

有一次，司马昭为了给自己的儿子司马炎娶妻，看中了阮籍的女儿，想与他结成亲家。阮籍知道了之后，没有明白说出拒绝的话，他的解决办法是：连续大醉六十天，让司马昭没有办法开口提亲，事情最终不了了之。

还有一次，阮籍驾着马车外出，任由马匹信步行走，当马车走到无路可走的时候，他就失声痛哭，然而沿着原路返回。

阮籍写了一组《咏怀》诗，每一首都是精品，开篇第一首是这样的：

夜中不能寐，起坐弹鸣琴。
薄帷鉴明月，清风吹我襟。
孤鸿号外野，翔鸟鸣北林。
徘徊将何见，忧思独伤心。

不难发现，一股迷茫的气息，弥漫在这一首诗里。千百年来，这首诗感动着无数失眠的人。把这首诗放在上述《神雕侠侣》那个场景里，简直是绝配。

迷茫，有时不是因为我们没有目标，而是因为我们置身天地之中，总有许多地方是我们的力量达不到的。

《倚天屠龙记》里的情话

我十几岁的时候读过《倚天屠龙记》，感觉不太喜欢，总是觉得张无忌的“善良”有造假的嫌疑。这个嫌隙一生，读这本书的时候就不爽了。

偏偏武侠小说在本质上属于今天常说的“爽文”，正如金庸自己在《金庸作品集新序》里说的：

> 我在写武侠小说的同时，也写政治评论，也写与历史、哲学、宗教有关的文字，那与武侠小说完全不同。涉及思想的文字，是诉诸读者理智的，对这些文字，才有是非、真假的判断，读者或许同意，或许只部分同意，或许完全反对。
>
> 对于小说，我希望读者们只说喜欢或不喜欢，只说受到感动或觉得厌烦。我最高兴的是读者喜爱或憎恨我小说中的某些人物，如果有了那种感情，表示我小说中的人物已和读者的心灵发生联系了。

什么是爽文呢？我曾经应他人之请，帮人写过一副金庸先生的挽联：

经天纬地，国士无双凌绝顶；

旷古烁今，弦歌数亿动神州。

这副挽联就是爽文，虽然它比许多人写的金庸挽联好很多（许多人写的“挽联”其实不能叫挽联，因为完全不符合对联的平仄要求），但里面没有什么内容，只是扯高了嗓子喊，实际上是不耐读的。

至于本文开头的那副挽联，则不是爽文，然而是我心目中认为耐读的文字。

不过，金庸武侠小说的一个可贵之处在于，尽管它是爽文，却具有可以反复阅读的特性。

譬如《倚天屠龙记》，少年时的我初读觉得“不爽”，但十多年后重温一遍，却觉得此书相当有味，在我的眼中，张无忌变得真实起来了——不是他的宽广胸襟，而是他的三心二意。这是因为，有大能力的人，一般都有大欲望（或者可以调过来说：有大欲望的人，往往锻炼出大能力），所以他在情感上的拖泥带水，就显得非常合理了。

四位美女爱上了张无忌，这个设定或许令不少女士不舒服，但实际上这种事情是极其真实的。如果我们说这是作者的男权思想在作祟，那么我们显然不愿意承认这样一个事实：在优秀者的身边，总会有很多个角逐者。一个国色天香的女士，勿说身边有四位英俊男士在苦苦追求，即便有四千个，又有什么稀奇？在这本书里，张无忌就是这样一个角色，只不过他刚好是男性罢了。

不得不说，中年重温《倚天屠龙记》，还是很让我唏嘘——作者得是一个内心多绝望的人，才写得出张无忌和小昭这样的爱情呢？

这次重温的速度很快，两三天就完成了，无他，因为打斗场面已经不吸引我了，所以每逢打架的描写，我往往会采用观其大略的方式，快速读过去。金庸描写武打，其实败笔甚多，冗长是一大特色，这几乎贯穿于他的每一部武侠小说中，最令人费解的一点是，很多三脚猫功夫的人，都能在书中大刷存在感，不知作者意欲何为。

也许是自己年纪渐增的缘故，明知看武侠小说是在读爽文，却总会无意中发现一些不合情理的地方。

例如赵敏的手下鹿杖客，书中说他极其好色，连赵敏父亲汝阳王的爱妾也敢动，奇怪的是，在跟随赵敏的过程中，鹿杖客却一直规规矩矩，丝毫不为赵敏的绝色所动。

不仅赵敏一人如此，书中其他的美女，置身于那个据说很凶险的江湖当中，好像也挺安全的，这有点令人匪夷所思。

按照书中对美女们的夸赞，那些荷尔蒙过剩的武夫，不应该对她们垂涎欲滴才对吗？

另外，情侣之间各种心意的表白，都已经很到位了，但两人往往还是继续尬聊，好像他们没有情欲一样。金庸对情欲的描写比较克制，这是一大特色，但有时克制太过，反而不近人情。当然，有些武侠小说作者大写黄文，则是另一个层面的话题了。

《倚天屠龙记》对各位高手武功的描写，有时也凌乱得令人摸不着头脑，但作者又喜欢为书中人物的武功作一些比对，自圆其说的时候难免有点左支右绌。

不过，这些都不算什么，因为书中有了赵敏，这位金庸笔下最光彩夺目的女主角，用“熠熠生辉”四个字来形容，并不为过。

这本书最核心的元素，就是赵敏对张无忌的追求。如果缺了这一点，《倚天屠龙记》就失魂落魄了。

在赵敏追求张无忌的过程中，最精彩的不是情节或动作，而是对白。在这些言语里，不仅有挑逗，更有对众生的抚慰。

从整本书来说，最有味道的内容也是男女情话，不限于张无忌与赵敏。

金庸在后记里说：“这部书情感的重点不在男女之间的爱情，而是男子与男子间的情义。”然而作为一名男性读者，我并没有这样的感觉。

第二十七回《百尺高塔任回翔》(世纪新修版，下同)，张无忌和赵敏在大都的一家酒馆见面：

> 两人默默对坐了好一会儿。张无忌道："赵姑娘，夜已深了，我送你回去吧。"赵敏道："你连陪我多坐一会儿也不愿吗？"张无忌忙道："不！你爱在这里饮酒说话，我便陪你。"赵敏微微一笑，缓缓地道："有时候我自个儿想，倘若我不是蒙古人，又不是什么郡主，只不过是像周姑娘那样，是个平常人家的汉人姑娘，那你或许会对我好些。张公子，你说是我美呢，还是周姑娘美？"
>
> 张无忌没料到她竟会问出这句话来，心想毕竟番邦女子性子直率，口没遮拦，灯光掩映之下，但见她娇美无限，不禁脱口而出："自然是你美！"赵敏大喜，问道："你不骗我吗？"张无忌道："我心中这样想，便冲口说出来，要说谎也来不及了。"

让张无忌说出她和周芷若哪一个更美，这是一个妙招，女追男，切忌拖拉或隐忍，要用这种凌厉的方式进行，才比较没有遗憾。

至于这一句话："倘若我不是蒙古人，又不是什么郡主，只不过是像周姑娘那样，是个平常人家的汉人姑娘，那你或许会对我好些。”与其说是赵敏的想法，毋宁说是金庸安慰读者的话。因为现实情况绝对是这样的：倘若赵敏是一个平常的汉人姑娘，张无忌肯定不会对她更好一些，因为她根本接近不了张无忌，哪里谈得上对她是好还是坏？

人们常说，武侠小说是成人的童话。这话大谬不然。至少在《倚天屠龙记》里，金庸就很明白地告诉我们，与盖世英雄张无忌纠缠不清的四名女子，全部都大有来历：赵敏是蒙古权贵，周芷若是灭绝师太最看重的弟子，殷离是明教白眉鹰王的孙女，小昭是明教紫衫龙王的女儿。

童话在哪里？我们分明看到，爱情是有很多附加条件的。这是一件让我们难受的事情，但它也是常见的事实。

第三十一回《刀剑齐失人云亡》，张无忌和赵敏躲在一个大鼓里，偷听丐帮众人说张无忌的坏话：

> 丐帮群豪大声鼓噪，都说誓当宰了张无忌这小淫贼，要助宋青书夺回爱妻。
>
> 赵敏将嘴凑到张无忌耳边，轻轻说道：“你这万恶不赦的小淫贼！”

嗯，“你这万恶不赦的小淫贼”，这句情话无敌了。周芷若说不了这样的话，小昭和殷离也说不了，所以她们都不是赵敏的对手。

第三十四回《新妇素手裂红裳》里，张无忌和周芷若成亲，即将拜礼，赵敏突然出现，要求张无忌取消婚礼并且跟她走：

> 杨逍踏上两步，说道："咱们今日宾主尽礼，赵姑娘务请自重。"他已打定了主意，赵敏若要捣乱，只有迅速出手点她穴道，制住她再说。赵敏向范遥道："苦大师，人家要对我动手，你帮不帮我？"范遥眉头一皱，说道："郡主，世上不如意事十居八九，既已如此，也勉强不来了！"
>
> 赵敏道："我偏要勉强。"转头向张无忌道："张无忌，你是明教教主，男子汉大丈夫，说过的话作不作数？"

赵敏的"我偏要勉强"，跟周芷若的"倘若我问心有愧呢"一样，成了《倚天屠龙记》两位女主角最著名的台词：

> 周芷若冷笑道："咱们从前曾有婚姻之约，我丈夫此刻命在垂危，加之今日我没伤你性命，旁人定然说我对你旧情犹存。若再邀你相助，人人要骂我不知廉耻、水性杨花。"张无忌急道："咱们只须问心无愧，旁人

言语，理他作甚？”周芷若轻声道：“倘若我问心有愧呢？”张无忌一呆，接不上口。（第三十八回《君子可欺之以方》）

第三十九回《秘笈兵书此中藏》说：

吴劲草不答，隔了一会，才从沉思中醒转，说道：“属下无礼，请教主原宥。这圣火令乃用白金玄铁混合金刚砂等物铸就，烈火决不能熔。属下大为疑惑，不知当年如何铸成，委实不明其理，一时想出了神。”

赵敏向张无忌横了一眼，笑道：“日后教主要去波斯，会见一位要紧人物，那时你可随同前去，向他们的高手匠人请教。”张无忌忸怩道：“我去波斯干什么？”赵敏微笑道：“大家心照不宣。”

那位波斯的“要紧人物”，自然是指小昭。

最终，“偏要勉强”的赵敏如愿以偿，“问心有愧”的周芷若以及“要紧人物”小昭孤独终老。

在世纪新修版的结局里，金庸是很仁厚的，他让周芷若选择了放手，如果他安排周芷若在情感上进逼张无忌，那么张无忌的结局很可能跟萧峰一样，在进退两难当中自杀了事。

在金庸的设定当中，赵敏太强大了，以至于我在《倚天屠龙记》里，并没有看到赵敏对张无忌的失望。这在故事当中似乎不合理，但在故事之外，却是极精妙的手笔。

这是因为，无论男女，我们都需要赵敏。书中那些情话，本质上不是男女当事人互撩，而是金庸在撩我们，他深切知道，尘世中的我们，太缺爱了。